한국의
레트로
인문학

한국의 레트로 인문학

동국대 동서사상연구소

유흔우·김낙현·배옥주·권태현·한승우
임미정·김태희·정두호·유춘동

보고사
BOGOSA

1998년 설립된 동국대학교의 동서사상연구소는 동서양의 철학(哲學)을 중심으로, 인문·사회·자연·공학·문화/문학 예술분야와의 다양한 학제 간 연구 수행 등의 다양한 사업을 진행해왔다.

우리 연구소는 근본적인 물음을 다루는 인문학을 중심으로 한 학제 간 연구, 분과 학문의 경계를 넘어 구체적인 실천 방법을 모색하는 연구를 적극적으로 장려하며, 경계 간 대화의 탐색은 과학 기술, 의학 등 비인문학 분야와의 접경까지도 모색하고 있다.

우리 연구소의 구성원들이 최근에 주목한 것은 '레트로(Retro, 복고문화)'였다. 한국 사회는 전 분야에서 복고문화(復古文化)에 빠져 있다. 이러한 복고주의 경향은 2000년대 초반부터 시작하여 지금까지 위세를 떨치고 있다.

이러한 과거로의 회귀, '복고주의 정서'는 전 세계적인 추세이다. 이처럼 전 세계적으로 과거에 몰두하고 집착하는 경향은 '레트로(Retro)'라는 단어로 집약되고 있다. 지난 과거를 뒤돌아보고 현재의 삶에 이를 반추해보는 의식적인 작업은 '인간'으로서 의미 있는 작업이다.

이러한 레트로 현상을 현재 한국 학술계와 문화계에서는 본격적인 연구 대상으로 다루지 못하고 있다. 현재 우리 곁의 다양한 '레트로 현상'에 대한 탐색은 언론만이 담당하고 있다. 우리는 이러한 한국에서의 레트로 현상을 규명하고 대안을 제시하기 위해, 앞으로 '철학/사상/문화' 세 분야를 통해 그 현상의 원인과 해결, 대안책, 더 나아가 시대별로 중요한 레트로 현상을 체계적으로 정리할 필요가 있다.

　　레트로(Retro, 복고문화)에 대한 연구는 영미권(英美圈)만 하더라도 '레트로 문화연구소'를 설립하여 현재의 문제를 타결하려 하고 있으며, 동아시아권에 속한 일본과 중국에서도 이와 비슷한 연구 기관을 설립하여 과거를 조명하고 새로운 시대의 대안을 제시할 여러 방안을 모색하고 있다.

　　우리 연구는 앞으로 한국에서의 레트로 현상, 레트로 문화에 대한 새로운 창의적 대안을 제시할 것으로 기대한다. 인간의 존재 이유는 물론, 인간과 인간 주변을 둘러싼 모든 것들에 대한 탐색, 의미부여, 인간소외에 대한 새로운 대안 제시의 사명을 해왔다. 이것이 바로 인문학, 철학이 현실에 필요하기 때문이다.

2021년 1월
필자를 대표하여
유흔우

차례

한국에서의 레트로 인문학 연구의 가능성 시론(試論)

임미정 · 유흔우

1. 서론

현재 한국의 대중문화 전 분야는 '복고(復古) 열풍'에 빠져 있다. 대중문화에서 복고 열풍은 비단 우리나라만의 현상은 아니다. 영국의 문화평론가 사이먼 레이놀즈는 "지금은 재탕(再湯)의 시대이자, 과거의 재연, 그리고 끊임없이 과거를 재조명하는 시대"라고 언급하며,[1] 복고 열풍이 전 세계적·보편적인 현상임을 지적했다.

지구촌의 복고 열풍은 '레트로(Retro)'라는 단어를 일상어로 만들었다. 레트로는 1960년대 우주선 개발 과정에서 처음 등장한 단

---

[1] 사이먼 레이놀즈 원저, 최성민 옮김, 『레트로마니아』, 작업실 유령, 2014.

어였지만, 1970년대 중반 프랑스 언론학자들이 '복고 열풍'을 '레트로'로 명명한 뒤, 지금은 일상어가 되어 버렸다.[2] 한국에서도 몇 년 전까지만 해도 '복고' '노스탤지어'라는 개념어가 주로 쓰였지만, 지금은 '레트로'로 대체되는 추세이다.[3]

레트로의 파급력은 문화 전 분야에 걸쳐 있다. 초기 레트로는 대중문화의 하위 분야인 음악, 의상, 디자인 등에서 과거 유행했던 것을 가져다가 창의적으로 표현한 것만을 의미했다. 그러나 지금은 이보다 훨씬 더 넓은 의미와 범주에서, 과거에 존재했던 문화를 현재로 소환한 모든 것들을 '레트로'라고 부르고 있다.[4]

현재 레트로에 대한 연구는 영미권이나 일본과 중국 등에서는 레트로 문화연구소가 설립되어 활발하게 진행되고 있지만, 한국에서는 음악이나 의상, 디자인 분야[5]를 제외하고는 레트로에 대한 관심과 연구가 거의 이루어지지 못한 상황이다.

이글에서 레트로에 주목하는 것은 단순히 일시적인 유행을 좇는

2 여혜민·손원준, 「레트로 디자인 트렌드의 주기 특성 분석」, 『한국디자인포럼』 24(3), 한국디자인트렌드학회, 2019.
3 원종원, 「한국적 소재로 성공한 공연들: 레트로 바람에 만개하는 한국적 소재 뮤지컬」, 『미르』 통권 304, 국립극장, 2015, 4~9쪽.
4 사이먼 레이놀즈 원저, 최성민 옮김, 앞의 책. 12쪽. 한편 최근에는 레트로를 다시 구분하여 뉴트로(Newtro)란 단어를 사용하기도 한다.
5 김민채·전수진, 「레트로 디자인에 나타난 노스탤지어의 기호화」, 『Journal of Integrated Design Research』 18(1), 디자인연구소, 2019.

작업이 아니라, 인문학의 관점에서 레트로 현상을 점검해보자는 것이다. 레트로는 과거를 뒤돌아보고 현재의 삶을 반추해 볼 수 있는 인문학의 기본 정신과 맥이 닿아있다. 레트로 연구를 통해서 인문학 연구의 본령인 인간의 근원적 문제, 인간과 인간을 둘러싼 사회·문화 현상 전반을 살펴볼 수 있기때문에 인문학 영역에서 주목할 만한 주제이다.

따라서 이 글에서는 한국에서의 레트로 연구의 필요성과 현 단계에서 연구 과제들을 생각해보고, 레트로 인문학의 가능성에 대해 타진해 보고자 한다.

2. 한국에서의 레트로 등장과 영역

1) 한국에서의 레트로 등장

한국사회에서 '레트로'는 1990년대 말, IMF 금융구제 사태가 발생하고 이를 대중매체에서 주요 소재로 다루면서 등장하였다. 대규모 구조 조정, 비정규직의 발생 등과 같은 견디기 힘든 한국 사회의 현실에서 '레트로'가 부각되기 시작한 것이다.

이 시기 과거의 풍요로운 기억과 삶의 모습을 소환했던 것은 주로 텔레비전 드라마 분야였다. 당시 대중들은 〈육남매〉와 같은 드라마를 통해서 현재보다 더 어려웠던 시절을 회상하며 이를 통해 마음을 위로받고 현재를 이겨낼 수 있는 힘을 얻었다고 한다.[6] 드라마에서의 만들었던 과거의 모습은 대중들의 큰 관심을 이끌어내었다.

이러한 인기에 힘입어 이후 '레트로'는 텔레비전 드라마를 벗어나 영화, 연극, 대중가요, 만화와 같은 대중문화 전반에 스며들었고, 기업의 마케팅 전략이나 상품 기획에도 영향력을 발휘할 정도로 중요한 문화 키워드로 자리 잡았다.

레트로의 인기는 지속적으로 힘을 발휘했고, 2000년대에 들어와서는 다른 식으로 작동하게 되었다. 이전까지의 레트로가 경제 불황 이후에 대중들이 겪는 상실감의 보상 심리 차원에서 만들어진 '위로의 장(場)'이었다면, 2010년대의 '레트로'는 이와는 다른 양상으로 진행되었다. 그 대표적인 예가 텔레비전 드라마 〈응답하라 1997〉와 예능 프로그램인 〈무한도전: 토요일 토요일은 가수다 편〉이다.

두 프로그램은 레트로의 대상 시기를 1960~70년대에서 1990년대로 끌어올렸다. 그리고 콘텐츠 역시 단순한 과거 추억과 위로에서 벗어나 이것을 하나의 놀이로 즐기고 소비하는 경향을 만들어냈다. 이렇게 변화된 레트로의 경향을 '뉴트로(Newtro)'라 명명하

---

6 IMF 사태를 이길 희망을 준 대표적인 드라마로 MBC 〈육남매(최성실 극본, 이관희 연출)〉를 들 수 있다. 관련 기사는 한국일보 기사를 참조해 볼 수 있다. www.hankookilbo.com.

며 이전의 것과 차별을 두게 된 것이다.

레트로의 새로운 영역인 '뉴트로'는 매체나 대중문화 지형의 변화와도 밀접한 관계를 갖는다. 과거 대중들은 대중문화의 생산자들이 제공하는 문화만 일방적으로 소비했다. 그러나 이제는 대중들이 문화의 생산자가 되어, 직접 과거의 드라마, 영화, 음악을 보고 듣고 그것을 재생산하는 시대에 접어들었다. '온라인 탑골공원'이라는 온라인 동영상 플랫폼에서 화제가 된 가수가 지상파 방송에 출연하여 다시 주목을 받게 되는 현상은, 문화 소비자로서의 대중의 관심과 힘이 얼마나 영향력이 큰지를 보여준다고 하겠다.

1990년대 말 한국사회에 등장한 '레트로'는 한국 대중문화의 중요한 키워드가 되었고, 2000년대에 들어서는 '뉴트로'로 변형되어 한국 대중문화 전반에 막대한 영향력을 끼치고 있다. 한국 대중문화의 전 방위에서 확인되는 '레트로' '뉴트로'는 대중과 한국문화 전반을 이해하기 위해 주목해야 할 주제가 되었다.

2) 한국에서의 레트로 영역

한국 대중문화에서 '레트로'와 '뉴트로'가 대중의 지지와 관심을 받게 되면서 학술적 연구 주제로 부상하고 있지만, 특히 인문학 연구 대상으로 자리잡기 위해서는 선결되어야 할 과제들이 있다.

예를 들면 한국에서 레트로 시작 시점에 대한 정확한 구명, 선행 연구에서 주로 논의되었던 '복고문화'나 '노스탤지어'와의 차이점, 그리고 레트로나 뉴트로를 패션이나 음악, 디자인 분야에 한정된 유행 현상으로 인식하는 통념을 극복하는 것등이다. 이러한 문제들을 차례로 점검하는 것은 레트로 현상 연구의 방향성과 영역 확보에 있어서 필수적이다.

먼저 살펴볼 것은 레트로의 시작 시점이다. 한국사회에서 레트로의 대중적 확산 시기를 1990년대 말부터로 보는 데는 현재 합의가 된 상태이다. 다만 한국사회에서 레트로의 연원을 언제로 볼 것인가에 대해서는 아직 확실한 의견이 제출되지 않았다.

한국사회에서 레트로의 연원은 한국의 역사적 특수성을 고려하여 살펴야 하는데, 그 시작의 조짐은 1910년대까지 올려볼 수 있다.[7] 대한제국이 일본의 식민지가 되면서, 한국사회는 과거 조선(朝鮮)을 그리워하는 '복고(復古)'나 '회고(懷古)' 분위기가 번진 적이 있는데, 당시의 사회문화적 현상은 지금의 '레트로'와 무관하지 않다. 일본인 대중문화 자본가들이 연극이나 영화로 〈춘향전〉을 상연한다든가 대중잡지에서 '조선'을 특집 기사로 다룬 것은 이와 같은 맥락에서 이해해 볼 수 있을 것이다.

흥미로운 점은 한국사회가 1948년 8.15 해방, 1950년 한국전쟁,

---

7 구한말 조선의 역사와 문화에 대한 회고, 한일합병 직후에 지식인들이 활발하게 진행했던 국학(國學) 연구는 이러한 소산이라 할 수 있다.

1960~80년대의 고도 성장기, 이후 IMF 구제 금융 요청과 같은 시련과 마주하면서, 해당 시기마다 레트로 현상이 반복해서 등장했다는 것이다. 다사다난했던 한국 근현대사를 돌이켜보면, 한국사회에서의 레트로 연구는 통시적 고찰은 물론, 연원과 관련된 논의 역시 다각도로 살필 수 있는 장이 마련되어 있다고 하겠다.

다음으로 레트로의 개념과 관련하여, 인문학 분야에서 그동안 사용되어왔던 '복고문화' '회고주의' '노스탤지어' 등의 개념어와의 차이를 구명하는 과제가 있다. 선행 연구에서는 지금의 '레트로' 대신 위의 용어를 사용하면서 과거를 다루는 방식에 대한 사회문화사적 의미를 탐색했다. '복고'와 '회고'는 동양에서 과거를 소환하여 그 의미를 탐색하고 의미를 부여할 때 사용하는 개념어였고, '노스탤지어'는 서양에서 과거나 추억을 표현하는 형태만 다른 동일 개념어로서 이들은 '레트로' 등장 이전에 주로 사용되던 단어였다.[8] 그러나 시대에 따라서 또는 연구 영역의 확장이나 범주 정리를 위해 학술 용어는 언제든 새롭게 명명될 수 있으며 재정의될 수도 있다. 레트로 연구에서 우선적으로 논의되어야 할 부분도 바로 이전에 사용되던 용어와의 관계를 정리하는 작업이 될 것이다.

레트로는 연구자들만이 공유하는 학술적 개념이 아니다. 레트로

---

8 복고와 회고는 『논어(論語)』를 비롯한 사서(四書)에서 연원을 찾을 수 있고, 노스탤지어는 17세기부터 사용된 개념어이다.

는 대중들의 참여와 관심으로 발전하고 변화하는 영역이면서 일상
어로 인지되고 때문에, 대중에게 익숙한 단어로 사회문화현상과
그 의미를 설명할 필요도 있다. '레트로'로 쉽사리 기존의 단어를
대체할 수도 있지만, 그 이전에 비슷한 단어들을 포괄하여 각 용어
마다 그간의 개념 정의와 연구 영역을 정리하는 것도 '레트로' 연
구에 앞서 선결되어야 할 부분이다.

　마지막으로 인문학 연구 영역에서 레트로를 어떻게 다룰 것인가
의 문제이다. 인문학 연구에서 그동안 레트로나 뉴트로 현상에 주
목하지 않았던 것은, 이를 패션이나 음악, 디자인에 한정된 반복적
인 유행 현상 용어로 인식했기 때문이다. 그러나 최근 들어 레트로
는 영역을 한정하지 않고, 우리 생활과 사고 전반에 침투하고 있다.
몇 년 전까지만 해도 드라마나 영화 등 대중매체에서 주도했던 레
트로에 대한 탐색은, 이제 개인의 자기 표현과 취향으로 표출되면
서 곳곳에 스며든 상태이다. 특히 SNS에서 공유되는 레트로 취향
은 자연스럽게 주변에 확산되고 학습되는데, 개인의 관심사가 다
양한 만큼 특정 시기에 대한 복고 바람이 아닌, 불과 몇 년 전의
유행을 회고하기도, 동시에 80~90년대의 패션을 재해석하여 소비
하기도 하는 복잡한 양상이 다양한 채널에서 포착되고 있다.

　인문학이 인간과 인간을 둘러싼 모든 문제들을 포괄하여 연구하
는 학문 영역임을 생각한다면, 인문학은 결국 레트로에 심취한 한
국사회의 표면이 아닌 이면을 살필 수 있는 유일한 학문이기도 하

다. 인문학 분야에서 레트로 현상에 대해 주목해야 할 이유이다.

3. 레트로 인문학의 연구 방안과 의의

1) 레트로 인문학 연구의 영역별 방안

이글에서 구상하는 레트로는 단순히 과거의 상태로 돌아가거나 과거의 체제, 전통 등을 그리워하여 그것을 본뜨려고 하는 것이 아닌, 과거의 것을 현대 감각에 맞게 재해석하여 새로운 의미와 가치를 부여하는 문화 전반의 작업을 의미한다. 한국사회에서 레트로 연구의 필요성은 이와 같은 관점에서 생각해 볼 필요가 있다.

일본의 사회학자인 미야다이 신지는 사회가 복잡해질수록 현대인들은 소진 증후군을 겪으며 소통에 어려움을 느낀다고 했다.[9] 그 결과 인간관계의 부재가 일어나고 이러한 피로를 해소할 수 있는 각자의 취향이 생긴다고 했다. 즉, 정보화, 4차 산업혁명 시대에 쏟아지는 무수한 정보와 급변하는 관계가 가져오는 현대인들의 피로감은 그 대항으로서 느긋함(여유), 오래되고 낡은 것, 전통적인 것 등을 자연스레 찾게 된다는 것이다.

사람들은 과거에 자신이 가장 안정적이었던 추억을 소환하여 오

------

9 후루이치 노리토시 외, 『이것이 사회학이군요』, 코난북스, 2017.

늘날의 피로를 잊고 그 시대를 함께했던 사람들과 동질감을 느끼며 위안을 얻는다. 레트로는 사람들이 추억을 공유하면서 스스로를 기억하게 하고, 또 타인과 새롭게 관계를 맺는 힘이 되어준다.

오늘날 장년층에서 노년층까지의 인구가 가지는 복고에 대한 향수로 가장 두드러진 감성은 대중매체 속에서 그려지는 60~90년대의 시대 배경과 그 속에서 생활하는 사람들의 모습일 것이다. 그러나 3040세대들은 대부분의 문화 콘텐츠를 주로 매스미디어를 통해 흡수하였고 유소년기부터 대중문화를 적극적으로 향유한 경험에서 이전 세대와는 다른 감성과 취향을 보여주기도 한다. 대표적인 예가 '키덜트(kidult)' 세력으로서, 경제 성장과 문화적 풍요 속에서 자랐던 어린 시절의 취향을 성인이 된 이후에도 지속하고 소비하는 모습을 확인할 수 있다.

이에 더하여 X세대, Y세대, N세대 등으로 정치하게 구분된 연령층은 각각 추억의 키워드, 레트로에 대한 인식과 반응이 다를 수밖에 없다. 세대별 사회문화적인 배경과 경험, 혹은 개인적인 환경에 따라 구분되는 감성의 차이 등은 결국 레트로 취향의 표출에도 영향을 끼칠 것이다. 결국 인간의 경험과 관련된 레트로 감성을 정확하게 이해하기 위해서는 인간에 대한 이해와 분석이 따라야 할 것이다.

그동안 문화산업계와 레트로 연구자들은 이를 특정 산업과 관련지어 분석하는 경향이 강했다. 그러나 레트로 연구는 결국 그것을 향유하고 만들어나가는 주체인 '인간'을 중심에 두어야 하며, 현재의 한국사회가 직면한 문제나 현상과 연관 지어 레트로 연구를 확장하거나 심화시킬 필요가 있다. 예를 들면, 4차 산업혁명 시대를 살고 있는 사람들에게 레트로는 정신적인 위안을 주기때문에 철학자에게 새로운 연구 주제가 될 수 있다. 국문학 영역에서도 레트로 감성은 문학이나, 문화 콘텐츠 연구에서 활발하게 논의될 수 있다. 관련 주제들을 모두 포괄할 수 있는 '레트로 인문학' 영역의 정립이 요구되는 시점이라고 하겠다.

레트로 인문학의 위상을 확립하기 위해서는 전 세계적인 레트로 열풍의 전반적인 경향을 탐색하고, 동시에 한국사회에서의 레트로 열풍의 시기별 경향을 보여줄 수 있는 기초 자료의 수집과 분석이 필요하다. 그리고 학술적 연구는 크게 철학과 문화 영역에서 논의되어야 할 것이다. 철학 분야에서 레트로를 핵심 영역으로 삼아야 하는 이유는 레트로가 현대사회를 사는 사람들에게 새로운 사고와 비전, 위안을 제시할 수 있기 때문이다. 철학 분야의 경우, 회의주의 모델, 쾌락주의 모델(에피쿠로스 모델), 퀴니코스/스토아 모델의 분석 모델을 통해서 레트로 인문학을 구명할 수 있다.

첫째, 회의주의 모델을 통해 레트로 인문학에 접근하는 방법이다. 포스트모더니즘과 다원주의로 인한 절대적 진리와 거대담론의 붕괴, 세계화와 동시에 진행되는 지역주의, 종교적·인종적·문화적 다원화로 인한 가치의 상대화로 사람들은 거대한 사회문화적 변동을 경험하기 시작했다. 삶의 전 영역에서 마주치는 전면적 불확실성, 과거의 모든 절대적 가치나 문화적 전통·권위의 붕괴로 인해 시작한 탈합리성 경향은, 확실한 형태로 존재했던 유무형의 제반 가치들이 와해되는 현상과 맞물려 필연적으로 회의주의를 촉발하게 된다. 이러한 회의주의 모델은 레트로의 현상과 의미를 연구할 수 있는 철학 분야의 방법론 중 하나가 될 수 있다.

둘째, 쾌락주의 모델(에피쿠로스 모델)로 레트로 인문학에 접근하는 것도 가능하다. 쾌락주의는 회의주의가 촉발한 자연발생적 결과로서, 합리적 사유보다는 즉각적인 확실성을 선물하는 느낌·감정에 의탁하여, 감각적이고 즉물적이며 쾌락이나 감정을 인생의 목적이나 가치의 척도로 삼는 모델이다. 인간의 대처능력을 초월해 있는 거대한 세계사적 격변으로부터 야기된 총체적 아노미와 그로 인한 탈합리성의 경향은 결국 이성에 대한 불신과 본능과 욕망, 충동과 감정에의 몰입을 가속화하는 시대정신을 산출해냈고, 정보통신기술과 미디어의 발달로 인해 이러한 시대적 흐름은 더욱 가속화되고 있다. 따라서 쾌락주의의 시각에서 레트로의 현상과 의미를 살피는 것도 또 다른 방법론으로 주목할 수 있다.

셋째, 퀴니코스/스토아 모델을 통한 레트로 인문학의 접근 방법이다. 쾌락주의 모델에 대한 저항이자 자본주의 문화의 심화로 인해 초래된 전 세계의 경제위기와 환경위기로부터 촉발되는 총체적 난국을 자연친화적 라이프스타일이나 대안경제의 모색을 통해 극복하고자 하는 시도로서 미니멀리즘과 생태주의적 환경운동 등의 형태로 확인되는 것이 퀴니코스/스토아 모델이다. 이러한 흐름은 개인이 어찌할 수 없는 거대한 역사적 흐름을 자연주의적 견지에서 관조적으로 바라보면서 인간의 능력을 넘어서 있는 초월적 힘에 대한 귀의와 자신의 운명에 대한 순응적 태도를 핵심으로 하는 자연회귀적 태도인데, 이러한 시각 역시 레트로 현상 분석에 유용하게 적용시킬 수 있다.

문화 영역에서의 레트로 연구는 철학에 비해 연구의 지평이 넓다고 할 수 있다. 따라서 다음과 같은 분석 모델을 통해 레트로 인문학에 접근 가능하다.

첫째, 1900년대부터 2000년대까지 자체적으로 축적한 한국의 드라마, 영화, 연극, 대중가요, 만화 등 자료, 유튜브나 국내외 아카이브 연구소(국립중앙도서관, 국회도서관, 해외 주요 한국학 자료 도서관 등)에서 DB로 구축한 자료 등을 활용하는 실증적 연구이다. 레트로와 관련된 자료를 분야별로, 또 통시적으로 정리한다면 실증적인 연구로서의 가치는 물론, 한국 레트로 현상 관련 자료 구축이라는 성과도 얻을 수 있을 것이다.

둘째, 한국의 역사적 특수성을 고려하여 레트로 현상을 정리하는 것이다. 한국사회는 일제강점기, 한국전쟁기, 남북 분단, IMF라고 하는 시대적 외상을 마주한 바 있다. 그리고 그때마다 이를 극복하기 위한 방편으로 과거를 소환하는 레트로가 나타했다. 레트로 연구는 이러한 한국의 역사적 특수성과 연결 지어 시기별 레트로의 실제를 살필 수 있다.

셋째, 철학과 문화/문학의 학제적 연계 연구를 통한 심층적인 연구의 가능성이다. 문화 연구는 자칫 겉으로 나타나는 현상에만 주목하여 편향되거나 실상을 오도하는 연구 결과를 도출할 수도 있다. 이러한 문제점을 보완하기 위해 철학 분야의 연구자와의 공조를 통해 레트로 인문학의 의미를 주의깊게 진단하고, 또 새로운 연구 가능성도 제시할 수 있을 것이다.

2) 레트로 인문학 연구의 의의

레트로 인문학 연구를 통해서 얻을 수 있는 학술적 의의는 다음과 같다. 우선 레트로 연구는 '일상'과 '일상성'에 더하여 '대중' '취향'에 주목한 연구이다. 이처럼 보통의 사람들이 체감할 수 있는 영역의 학문적 편입을 통해서, 대중들에게 인문학의 존재 이유와 가치를 자연스럽게 알릴 수 있는 동시에 '일상 인문학'의 가능성도 생각해 볼 수 있다.

먼저 레트로 인문학 연구는 4차 산업혁명 시대에 일반 대중들이 원하는 새로운 분야의 인문학이나 역사문화관의 정립과 활성화에 기여할 것이다. 특히 연구의 핵심 분야 중의 하나인 철학에서의 레트로 접근은 일반인들에게 대중매체를 통해서 만나는 과거의 문화와 생활, 그것을 접하는 자신의 생각과 태도가 학문적 연구 대상이 될 수 있다는 사실을 깨닫게 할 것이다. "일상의 탐색을 통해 그 전체성과 총체성에서 고찰해 볼 수 있는, 자유롭고 완성되고 완전히 실현된, 합리적이면서도 동시에 실제적인, 한마디로 전체적 인간존재(être humain)의 기도(企圖)를 제시해 줄 수 있는 유일한 대안"이 바로 철학이다.[10] 일상과 일상성에 주목하는 본 연구는 일반인들에게 자연스럽게 철학을 이해시키는 가교 역할을 할 수 있을 것이다.

철학과 현실의 일상은 인간의 존재 의미를 탐색해 볼 수 있는 역동적 공간이다. '레트로'는 과거에 대한 추억, 회상을 바탕으로 하기에 필연적으로 과거에 대한 주관적인 해석이 덧붙을 수밖에 없다. 철학을 통해 과거 사실에 대한 기억과 해석 문제에 있어서 올바른 이해를 도모하고 균형 있는 현재와 미래를 제시할 수 있다.

다음으로 레트로 인문학 연구는 밀레니얼 세대를 위한 미래 학문 분야의 개척이라는 의의를 찾을 수도 있다. 1990년대 후반 IMF 이후에 세상에 발을 디딘 밀레니얼 세대들은 이전 세대에서는 당연히 가질 수 있었거나 큰 노력없이 가능했던 것들을 포기해야 하는 암담한 현실을 마주하고 있다. 무언가를 포기해야만 삶을 이어나갈 수 있는 환경에 직면한 그들을 'N포 세대'라고 하는 것은 과

---

10 앙리 리페브르·박정자 역, 『현대세계의 일상성』, 기파랑, 2005.

장이 아니다. 레트로는 이와 같은 현실의 막막함과 여러 제약 속에서 시작되는 것이다.

밀레니얼 세대에게 레트로는 경험한 적 없는 완전히 새로운 문화이지만, 이미 과거의 유행을 경험했던 이들에게는 다시금 그것을 즐길 수 있는 리바이벌이자 환기로 다가왔다. 사람마다 레트로를 받아들이는 정도와 태도는 다르지만, 레트로는 패션, 공간, 문화, 삶의 형태 등 다양한 분야로 스며들어 현재 트렌드의 최전선에 선 용어가 됐다. 이를 기반으로 한 레트로 인문학은 밀레니얼 세대를 이해하고 그들의 미래를 위한 새로운 대안을 제시할 수 있는 연구로 의미가 있다.

5. 결론

이 글은 그동안 인문학 분야에서 논의되지 않았던 레트로 현상에 대해 관심을 가지고, 이를 인문학 연구의 한 분야로 자리매김할 것과 관련 연구를 통해서 얻을 수 있는 의미와 가능성을 시론적(試論的)으로 살펴본 것이다.

인문학 분야에서의 레트로 연구는 단순히 유행을 좇는 연구가 아니라 우리에게 지난 과거를 뒤돌아보고, 현재의 삶을 반추해 볼 수 있는 의미 있는 작업이 될 수 있다. 인문학 연구의 본령이 인간의 근원적인 문제, 인간과 인간을 둘러싼 문화 현상 전반을 다루는 학문이란 점을 생각해 본다면, 레트로 연구는 인문학 분야에서 적극적으로 구명해야 할 과제로 생각된다.

아울러 레트로 인문학 연구는 오늘날의 '레트로' 문화가 단순 과거로의 회귀와 유행 반복에 그치지 않도록 끊임없이 경계하고 조언할 수 있는 균형추로서도 기능할 수 있을 것이다. 이 연구는 레트로 인문학 연구의 필요성과 시작을 알리는 글이다. 이글에서 제시했던 여러 과제들을 비롯하여 다양한 레트로 관련 후속 연구를 기대한다.

한국에서의 레트로 및 뉴트로 현상에 관한 연구 동향

인터넷 신문기사의 분석을 중심으로

한승우 · 김낙현

1. 왜 레트로인가?

레트로(Retro)는 백과사전에서 복고주의를 지향하는 하나의 유행이나 스타일을 지칭하는 개념으로 정의되어있다. 또한, 회상이나 회고, 추억 등을 의미하는 영어 'Retrospect'의 준말로서, 과거의 것을 그리워하여 모방하거나 복제하려는 태도를 뜻하기도 한다. 더 나아가 과거의 것을 단순히 모방하거나 복제하는데 그치지 않고 옛것을 현대의 감각이나 상황에 맞게 재해석하여 새로운 의미와 가치를 부여하는 것까지 포괄하는 광의의 개념으로도 명명된다. 이처럼, 레트로란 과거의 양식과 취향에 대해서 향수를 느껴서 과거의 것을 재현하는 일종의 복고주의적 경향을 나타낸 것이라

할 수 있다.[1]

그렇다면, 왜 사람들은 과거로 회귀하려 하는가. 이에 대해 지그문트 바우만은 "아직 발생하지 않아 존재하지도 않는 미래에 의지하는 대신에 잃어버렸고 빼앗겼으며 버려졌지만 아직 죽지 않은 과거에 비전(vision)이 존재한다"[2]라고 답한다. 현재의 삶이 불안하고 초조한 까닭에 미래의 삶은 현재보다 더욱 예측할 수 없으며 이러한 불안의식은 우리로 하여금 과거로의 회귀를 욕망하게 만든다는 것이다. 말하자면 대중들은 자신들이 발 딛고 서 있는 현실이 희망이 소거된 시대라고 생각하기에, 과거를 복원하여 일말의 희망과 위안을 얻으려 한다. 그래서 우리는 '레트로토피아(Retrotopia)' 즉, 지금은 존재하지 않은 과거를 꿈꾼다.

사이먼 레이놀즈가 지적한 바와 같이, "가까운 과거에 이토록 집착한 사회는 인류사에 없었다".[3] 우리 사회에서 영화, 드라마, 음악, 패션, 음식, 문화 전반에 걸쳐 뜨거운 레트로 열풍이 휩쓸고 있다. 지금 한국 대중문화의 주요한 키워드 중 하나는 분명 '레트로'이다. 최근에는 여기에 뉴트로(New-tro)라는 새로운 개념이 추가되면

---

1 권혜진 외, 「레트로에 나타난 시대적 표현 연구」, 『기초조형학연구』, 13(4), 2012, 5쪽.
2 지그문트 바우만, 정일준 옮김, 『레트로토피아: 실패한 낙원의 귀환』, 아르테, 2018, 28쪽.
3 사이먼 레일놀즈, 최성민 옮김, 『레트로 마니아』, 작업실 유령, 2014, 15쪽.

서 보다 다른 방식의 과거가 소환되고 있다. 광의의 개념에서 뉴트로는 레트로에 포함되기도 하지만, 단순히 과거를 추억하는 것을 넘어 새로운 방식으로 과거를 변형하여 즐기는 적극적인 현상이라는 점에서 구별될 필요성이 대두되고 있다. 딱히 추억할 과거가 없는 젊은 세대들이 주축이 되어 기성세대의 추억과 문화를 따라하고 향유하는 현상은 레트로라는 이름으로만 명명하기에는 특수한 예외성을 갖기 때문이다. 이는 레트로가 뉴트로라는 이름으로 새로운 영역을 개척하고 있는 것이며, 기성세대뿐만 아니라 젊은 세대들까지 모두 동참하는 하나의 문화 현상으로까지 그 범위가 커져가고 있다는 것을 반증한다.

그렇다면, 레트로 및 뉴트로로 명명된 한국 사회의 특수한 문화 현상에 대해 지금 우리는 어떠한 시각을 가지고 있는가? '문화'라고 불릴 수 있을 만큼의 깊이 있는 분석과 전망을 충분히 내놓고 있는가? 이러한 의문을 해소하기 위한 목적으로, 이 연구에서는 최근 4년간 레트로(Retro) 및 뉴트로(New-tro)에 관한 연구 동향을 추적하고, 신문기사 내용을 조사하고 분석하기로 하였다. 관련 검색어는 ① 추억 팔이 ② 복고 감성 ③ 복고 열풍 ④ 레트로 ⑤ 뉴트로로 설정하였으며, 연구 자료는 한국연구재단에 등재된 KCI 국내 학술지를 기준으로, 신문기사는 인터넷 포탈 사이트 NAVER와 Daum을 중심으로 조사하였다. 이상의 분석을 통해, 레트로 현상을 바라보는 학계와 언론의 현재 관점이 드러날 것으로 기대한다.

2. 레트로 및 뉴트로에 관한 연구동향 및 내용분석

1) 연구 현황 검토

레트로 및 뉴트로와 관련된 최근 4년간의 연구현황은 다음과 같다.[4] 이는 KCI 국내 학술지를 기준으로 예술체육학, 사회과학, 인문학, 자연과학, 공학 등, 연구 분야 전체를 대상으로 검토한 결과임을 밝힌다. KCI 국내학술지를 기준으로 한 레트로 및 뉴트로 관련 연구는 2017년부터 2019년까지 총 37편이다.

<표 1> 레트로 및 뉴트로 관련 연구결과물 현황

예술체육		사회과학		인문학		자연과학		공학	
디자인	11	신문방송학	5	학제간연구	1	생활 과학	2	전자 정보통신 공학	1
의상	3	경영학 (문화예술경영)	5	기타인문학	1				
음악	1	무역학	1	복합학	1				
체육	2	기타사회과학	2						
예술체육	1								
합계	18	합계	13	합계	3	합계	2	합계	1

<표 1>에서 확인할 수 있듯이, 레트로 및 뉴트로에 관한 연구는 예술체육학 분야에서 가장 많이 연구되었다. 총 18편의 연구결과

---

4 연구동향 분석은 2016년~2019년까지를 대상으로 삼았다. 연구사 검토가 2020년 3월이었던 관계로, 올해의 연구 결과가 미반영된 상태에서 분석이 시도되었기 때문이다.

물이 있는 예술체육학의 하위 분야에는 디자인에서 11편, 의상 3편, 음악 1편, 체육 2편, 예술체육 1편 등으로 연구가 진행되었다.

사회과학 분야는 총 13편의 연구결과물이 있었다. 이 중에서 신문방송학 5편, 경영학(문화예술경영) 5편, 무역학 1편, 기타사회과학 2편 등으로 연구가 진행되었다. 그런데 사회과학 하위 분야인 경영학(문화예술경영)에서 5편의 연구결과물이 나왔지만, 따지고 보면 편의상 경영학으로 분류되었을 뿐이지, 실제 연구 대상은 마케팅, 소비자 반응, 디자인 등 예술체육학 분야에서 연구된 경향과 별반 다를 바가 없었다.

인문학 분야에서는 고작 2편의 연구결과물이 있을 뿐이다. 학제간 연구 분야에서 1편, 기타인문학 분야에서 1편의 연구결과물이 있다. 이외에 자연과학(생활과학) 분야에서 2편, 공학(전자정보통신공학) 분야에서 1편의 연구결과물이 있다.

이상에서 확인할 수 있듯이, 레트로 및 뉴트로에 관한 연구는 인문학 분야보다는 예술체육학 분야에서 압도적으로 이루어졌다. 이는 레트로 및 뉴트로에 관한 연구가 일부의 학문에서만 관심의 대상이 되고 있으며, 분석 역시 의상, 디자인, 방송과 같이 보여지는 현상 그 자체에만 치중되어 있었다. 그렇다 보니, 한국 사회에서 레트로와 뉴트로가 유행하는 근본적인 원인을 밝혀내기에는 미흡한 수준이었으며, 아름다운 시절을 회고하려 하는 인간의 일반적인 속성으로 치부해버리는 단순하고 획일적인 논의들이 다수였다.

<표 2> 시기별 레트로 및 뉴트로 연구 현황

구분	기간 분야	2016	2017	2018	2019	구분	기간 분야	2016	2017	2018	2019
레트로 (연구 편수)	디자인	1		1	5	뉴트로 (연구 편수)	디자인			1	3
	의상				1		의상				2
	음악		1				음악				
	체육		1		1		체육				
	예술체육				1		예술체육				
	신문방송	4		1			신문방송				
	문화예술	1	1	2	1		문화예술				
	무역학			1			무역학				
	사회과학		1	1			사회과학				
	학제간						학제간				1
	인문학						인문학				1
	복합학	1					복합학				
	생활과학	2					생활과학				
	전자정보			1			전자정보				
	합계	9	4	7	9		합계			1	7

또한 레트로 및 뉴트로의 시기별 연구 현황을 살펴본 결과는 〈표 2〉와 같았다. 2016년 레트로 관련 논의가 본격화되면서 2018년을 기점으로 증가하기 시작하여, 2019년에는 16편에 이르게 되는데 이는 전체 연구의 43%를 차지한다. 2018년부터 차츰 뉴트로라는 용어가 레트로와 함께 사용되기 시작했고, 레트로에 국한된 연구들이 점차 뉴트로와 혼재되는 형국을 보이는 것도 확인할 수 있었다. 이는 단순한 '회고 현상'을 넘어 새로운 '문화 현상'으로 그 개

념이 확대되면서, 2019년을 기점으로 레트로 및 뉴트로 관련 논의가 동반 상승한 결과로 보인다.

다음 〈표 3〉은 총 37편의 연구결과물에서 나타난 키워드(주제어)를 정리한 결과이다.

〈표 3〉 레트로 및 뉴트로 관련 연구 키워드

연구분야	영역	키워드
예술체육학	디자인	레트로, 디자인, 소비자, 뉴트로, 뉴레트로, 노스탤지어, 감성, 복고풍, 기호화
	의상	레트로, 패션, 뉴트로, 뮤직비디오, 젠더 뉴트럴 패션 브랜드
	음악	레트로, 복고, 향수, 오프-모던, 미디어적 편향성
	체육	레트로 스포츠브랜드, 로고 속성, 브랜드 이미지 및 태도, 구매의도, 프로야구구단, 추억마케팅, 자긍심, 연고지 애착도, 팬 확충
	예술체육	레트로, 가족, 텔레비전드라마, 응답하라 1988
사회과학	신문방송학	복고콘텐츠, 그로테스크 리얼리즘, 역설적 현실반영성, 응답하라 시리즈
	경영학 (문화예술경영)	레트로, 노스탤지어, 브랜드 의인화, 소비자, 장소애착, 상호작용 효과, 자아존중감, 디자인, 하이테크 제품, 인지 욕구
	무역학	레트로, 관광서비스, 복고주의
	기타사회학	레트로, 스타트렉, 영웅주의 복고욕망, 디지털 공간, 노스탤지어, 향수, 고향, 온라인 커뮤니티, 연과 관계 분석
인문학		레트로, 영상콘텐츠, 문화코드, 전기영화, 보헤미안 랩소디, 서사구조, 트로트, 신트로트, 심리치료
생활과학		레트로, 노스탤지어, 감성, 복고패션, 구매의도, 웨딩드레스, 이미지
전자정보 통신공학		기억산업, 콘텐츠, 문화적 기억, 복고영화

연구결과물에서 사용된 공통적인 키워드는 '레트로', '복고', '복고주의', '노스탤지어'(향수), '뉴트로', '뉴레트로'임을 확인할 수 있었다. 레트로 및 뉴트로를 하나의 '문화 현상'으로 보고, 브랜드 연구와 마케팅 전략과 같은 실용적인 논의에 적극적으로 활용하려는 경향을 보였다. 그러나 인문학적 고찰을 시도하거나 내밀한 원인 분석에 천착한 연구는 매우 부족하였다.

2) 연구내용 검토

레트로 및 뉴트로에 관한 최근 4년간의 각 분야별 연구결과물의 주요한 내용을 소개하면 다음과 같다.

① 예술체육학

예술체육 분야 백소연의 논문[5]은 최근 한국 사회에서 과거를 회고하는 문화적 흐름 가운데 가장 대중적이며, 가장 대표적인 작품인 〈응답하라〉 시리즈(1988, 1994, 1997, 1998)를 통해 가족이라는 레트로토피아를 분석한 것이다. 이 논문은 회고의 대상과 주체가 1990년대로 소급된 것으로서 가정 자체의 존속마저 위태해진 지금의 현실 속에서 가족이라는 가치를 탐색한 것이다.

....

5 백소연, 「가족이라는 레트로토피아: 텔레비전드라마 〈응답하라 1988〉를 중심으로」,
   『한국극예술연구』 65, 한국극예술학회, 2019.

디자인 분야의 임현숙의 논문[6]은 레트로의 정의와 발생 배경을 검토한 후, 감성 소비시대에 사회, 문화 전반에 나타나고 있는 레트로 현상에 관해 레트로 마케팅 활동과 레트로디자인 사례를 중심으로 분석한 연구이다. 임현숙은 복고적 스타일 즉 레트로 트렌드가 다양한 사회, 문화 전반에 걸쳐서 새로운 소비자 감성으로 가치를 인정받고 있다고 지적하였다. 또한, 디자인 분야의 김민채, 전수진의 논문[7]은 레트로의 개념과 정서적 특징, 노스탤지어의 개념과 특징에 관한 검토를 통해 레트로 디자인 사례를 분석한 것이다. 이외에 디자인 분야의 논문은 뉴레트로 트렌드에 대한 이론적 고찰을 통해 뉴레트로 디자인 산업의 동향을 분석한 남미경[8]과 레트로 개념과 특징을 검토한 후 디자인의 소비자 색채 반응을 분석한 박선영[9]의 것이 있다.

한편, 음악 분야의 송화숙의 논문은 꾀 주목할만한 연구결과물이라 할 수 있다. 이 논문에서 송화숙은 일상적 차원에서 복고라는

6 임현숙, 「감성소비시대의 레트로디자인 현상에 관한 연구」, 『커뮤니케이션디자인학연구』 68, (사)한국커뮤니케이션디자인협회 커뮤니케이션디자인학회, 2019.
7 김민채·전수진, 「레트로 디자인에 나타난 노스탤지어의 기호학」, 『Journal of Integrated Design Research』 18(1), 인제대학교 디자인연구소, 2019.
8 남미경, 「감성과 신기술 결합에 의한 뉴레트로디자인 연구」, 『한국디자인문화학회지』 24(2), 한국디자인문화학회, 2018.
9 박선영, 「뉴레트로 패키지 디자인의 소비자 색채 반응 분석」, 『브랜드디자인학연구』 17(1), 사단법인 한국브랜드디자인학회, 2019.

단어가 서서히 체감되기 시작했던 시기는 1990년대 말부터라고 밝히면서 대중음악의 복고주의적 경향, 정서적 영향과 효과, 그리고 이에 대한 문화적 해석에 대한 논의를 전개하였다. 특히, 송화숙은 향수의 개념에 주목하여 왜 과거의 것을 되살려야만 하는가, 그리고 그것이 어떤 영향과 효과가 있는가를 문제의식으로 삼았다. 송화숙은 향수는 "삶의 리듬의 가속화와 역사적 지각변동에 대한 방어기제로서 과거라는 범주를 설정한다는 것은 근대성의 방향성 자체에 혼선을 가하는 것이지만, 이는 단순히 과거로의 역행이나 회귀를 의미하는 전근대도, 근대성을 넘어서고자 하는 탈근대도 아닌, '오프-모던' 즉 근대라는 불빛을 잠시 끄는 것과 같은 의미를 담아내고 있다"[10]라는 견해를 피력하였다. 이 논문은 레트로의 근본적인 속성인 과거지향적인 태도를 기반으로 대중들이 과거로의 회귀를 욕망하는 기저를 탐색하려고 시도했다는 점에서 상당히 인문학적인 접근법을 보여준 연구결과물이라 할 수 있다.

② 사회과학

사회과학 분야의 이서라의 논문[11]은 6년 동안 대중문화에서 상

10　송화숙, 「지나간, 잊힌, 잃어버린 소리: 음악적 복고주의의 미디어 기호학」, 『음악과 문화』 36, 세계음악학회, 2017, 80쪽.

11　이서라, 「복고콘텐츠의 그로테스크 리얼리즘, 그 역설적 현실 반영성: 미하일 바흐친의 〈라블레론〉을 적용하여」, 『미디어, 젠더&문화』 33(3), 한국여성커뮤니케이

당한 비중을 차지했던 복고콘텐츠의 탈현실적 특성에 나타나는 역설적 현실반영성에 주목한 것이다. 그리고 경영학(문화예술경영) 분야에서는 윤희진의 논문[12]이 있다. 윤희진은 디지털 공간에 구성된 노스탤지어 어휘 간의 연관관계를 분석하여 노스탤지어가 인터넷에서 어떻게 이야기되고 있는가를 분석하였다. 윤희진은 '노스탤지어를 구성하는 어휘는 마음을 중심으로 행복과 생각, 오늘이 주된 용어'라고 밝히면서, '노스탤지어 텍스트에 나타난 감정은 그리움, 사랑 중심으로 한 군집과 추억을 중심으로 한 군집'이 있으며, 이 '두 군집은 즐거움을 통해 연결된다'라는 견해를 제시하였다.

③ 인문학

학제간 연구 분야의 김사숙, 김겸섭 논문[13]은 전기영화 〈보헤미안 랩소디〉을 중심으로 복고를 재해석한 문화 현상인 '뉴트로(new retro)'에 대한 고찰을 시도한 것이다. 이러한 뉴트로 현상의 원인은 기성세대는 '추억과 경험'에서, '젊은 세대는 경험하지 못한 문화에 대한 신선함과 새로운 경험' 때문이라고 밝히고 있다. 아울러

....
선학회, 2018.
12 윤희진, 「디지털 공간에 구성되는 노스탤지어의 사회적 리얼리티」, 『인문사회 21』 9(3), 사단법인 아시아문화학술원, 2018.
13 김사숙·김겸섭, 「영상 콘텐츠의 스토리텔링과 문화코드 분석: 음악가 전기영화 '보헤미안 랩소디' 중심으로」, 『문화와 융합』 41(4), 한국문화융합학회, 2019.

'라디오 시대로 대변되는 1970~1980년대 영국 뮤지션의 전기영화 〈보헤미안 랩소디〉가 특히 한국 사회에서 부상한 것에 대하여 이러한 현상이 일시적 '유흥'과 '놀이'이든 '현실도피'나 '추억팔이'이든 실존적 정서의 표출이라는 것에 주목할 필요가 있다'라고 지적하였다.

기타인문학 분야의 김희선, 한경훈의 연구결과물은 현대 대중음악 트로트 장르에서 나타난 음악적·음악 외적인 변화 및 수요층 증가요인에 관한 논문이다. 이 논문에 의하면 한국의 10대부터 30대를 대상으로 실시한 〈현대 트로트에 대한 젊은 층의 인식〉이라는 설문조사를 실시한 결과, 최근 트로트를 접한 사람은 85%이며, 트로트에 대한 긍정적 시각이 92.2%이다. 이러한 결과를 바탕으로 한국 대중음악사의 가장 긴 시간을 향유했던 트로트는 이제 기성세대에는 추억을, 젊은 세대에는 새로운 인식 기회를 제공하고 있다고 분석하였다.

이상에서 살펴본 바와 같이, 주목할 만한 논문이 다수 존재함에도 불구하고 총 37편의 연구결과물 중 상당 부분은 피상적이고 가시적인 현상에만 국한하여 논의를 전개하고 있는 것이 사실이었다. 다시 말해서 레트로(혹은 뉴트로)에 대한 원인으로 이미 널리 알려진 과거지향적 속성, 복고, 노스탤지어(향수)만을 무한 반복하고 있는 형국이며, 복고가 가진 "단순한 형태적 재현과 차용"[14]에만 논의를 집중하고 있다. 그렇다 보니, 현상 그 이면에 잠재된 인간의 내적인 속성까지는 가 닿지 못하고, 천편일률적이고 파편적인 분석에만 치우치고 있었다. 따라서 추후 레트로에 관한 연구는 더욱 근본적이고 실체적인 인문학적인 접근법이 절실히 요구된다고 본다.

3. 레트로 및 뉴트로 관련 인터넷 신문기사의 동향 분석

1) 인터넷 신문기사 분석

2017년부터 2020년 3월까지 '추억', '복고', '레트로', '뉴트로'라는 검색어로 찾은 신문 기사는 총 193건이었고, 이 중에서 광고성 기사와 중복 내용의 기사를 제외한 후 남은 기사는 총 83건이었다. 신문기사들은 레트로를 X세대(1968년 이후에 태어난 세대)와 그 보다 더 거슬러 올라간 386세대의 과거 회귀 현상으로 보고 있는 경향이 강했고, 뉴트로는 Y세대(1980년대 초부터 2000년대 초까지 출생한 세대)와 그리고 Z세대(1995년 중반에서 2000년대 초반에 걸쳐 태어난 젊은 세대)가 이전 세대의 문화를 따라하거나 새롭게 받아들이는 현상으로 보고 있었다. 이러한 신문매체의 경향에 따라 '레트로'와 '뉴트로'에 관한 기사를 〈표 4〉와 같이 분류하였다.

---

14 임현숙, 앞의 글, 182쪽.

<표 4> '레트로'와 '뉴트로' 관련 신문기사

구분	분야＼기간	2017	2018	2019	2020
레트로 (보도 건수)	패션	0	0	1	0
	식품	0	0	1	0
	게임	0	0	6	0
	음악	1	0	3	0
	방송	1	1	2	0
	기타	0	0	7	1
	합계	2	1	20	1

구분	분야＼기간	2017	2018	2019	2020
뉴트로 (보도 건수)	패션	0	0	12	4
	식품	0	0	10	4
	게임	0	0	1	0
	음악	0	0	4	1
	방송	0	0	7	3
	기타	0	0	9	3
	합계	0	0	43	15

레트로는 전체 83건의 기사 중에서 24건, 뉴트로는 58건이 보도되었으며, 뉴트로가 레트로보다 2배 이상의 보도율을 보였다. 〈표 4〉의 내용을 바탕으로, 다시 레트로와 뉴트로의 기사 보도 건수의 차이와 증가 수치를 정리하면 〈차트 1〉과 같은 경향을 보인다.

〈차트 1〉을 보면, 2017·2018년도에는 레트로에 관한 기사가 지

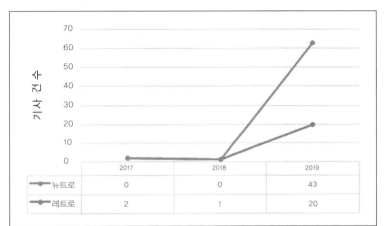

<차트 1> 시기별 '레트로'와 '뉴트로' 관련 신문기사

	2017	2018	2019
뉴트로	0	0	43
레트로	2	1	20

극히 미진한 수준에 머물렀지만, 2019년부터는 대폭 증가하고 있는 현상을 볼 수 있다. 뉴트로에 관한 기사 역시 2017·2018년도에는 전무하다시피 하다 2019년도에는 43건, 2020년 3월까지는 15건에 이르며 폭발적인 증가수를 나타내고 있다. 레트로로 시작한 과거 기억 현상이 뉴트로를 낳았고, 이것이 2019년을 기점으로 함께 동반 상승하고 있는 형국이다. 젊은 세대들에게 레트로가 이색적인 문화 그 자체로 받아들여지면서, "핫하고, 힙하며, 쿨한 '뉴트로'"[15]로 변화되었던 것으로 읽힌다. 즉, 레트로가 뉴트로를 견인하는 현

---

15 이주영, 「패션이 된 레코드 – 바이닐 레코드, 뉴트로를 견인하다」, 〈매일경제〉, 2019. 06. 12.

상을 보이고 있으며, 기성세대의 문화를 젊은 세대가 가져와 그들의 구미에 맞게 재편성하는 문화 현상으로 발전하게 된 것이다.

〈표 5, 차트 2〉 분야별 레트로와 뉴트로 언급 횟수

	분야	언급 횟수		분야	언급 횟수
레트로	패션	1	뉴트로	패션	16
	식품	1		식품	14
	게임	6		게임	1
	음악	4		음악	5
	방송	4		방송	10
	기타	8		기타	12

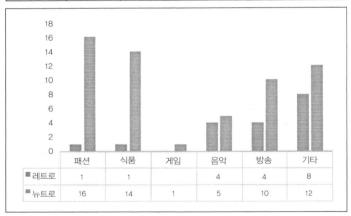

	패션	식품	게임	음악	방송	기타
레트로	1	1		4	4	8
뉴트로	16	14	1	5	10	12

〈표 5〉와 〈차트 2〉를 보면, 레트로와 뉴트로를 다루고 있는 기사의 내용 중, 특히 '패션'과 '식품' 분야를 다루는 기사가 비약적으로 늘어났다는 점을 한 눈에 볼 수 있다. 이는 과거의 레트로 문화

중에서 젊은 세대들이 가장 흥미를 느끼고 쉽게 받아들였던 부분
이 패션과 식품이었다는 점을 드러내는 결과이다. 패션과 식품은
젊은 세대들이 일상적으로 소통하는 SNS에서 주로 언급되는 대상
들이라는 점에서 주목할 만하다. 젊은 세대들은 자신이 '무엇을 입
고, 먹는가'에 큰 의미를 부여할 뿐만 아니라 이것을 다른 사람에
게 알리고 공유하고 싶어 한다. "포토 사피엔스"[16]라고 일컬어질 정
도로 스마트폰을 통해 대부분의 정보를 흡수하고 많은 정보 속에
서 생활하는 젊은 세대들은 늘 '인싸(인사이더)'이기를 갈망하고, 이
를 위해 이색적인 경험과 새로운 체험을 꿈꾼다. 레트로는 이러한
젊은 세대들의 욕구에 부합했던 것으로 보인다. 기성세대들이 즐
기던 레트로 문화가 젊은 세대들에게 그대로 노출되면서 SNS와 같
은 매체와 접목되고, 레트로를 따라하는 현상을 일종의 '놀이'로
인식하면서 뉴트로라는 새 문화 현상으로 번져나간 것이다.

　　인터넷 신문기사에 나타난 레트로 및 뉴트로에 관한 신문기사를
연도별로 정리하면 다음과 같다.

---

16 이주영, 「NEW-TRO LIFE STYLE - 인싸는 뉴트로를 즐긴다」, 〈매일경제〉, 2019.
01. 03.

〈표 3〉 시기별 레트로와 뉴트로 언급 키워드

연도	분야	키워드
2017	음악	쎄시봉, 이문세
	방송	응답하라 시리즈, 불후의 명곡, 콘서트 7080, 시골밥상, 삼시 세 끼
2018	방송	응답하라 1997, 슈가맨, 무한도전
2019	패션	노스페이스 눕시 다운 패딩, 폴로 랄프로렌, 노티카, 이지 스트리트 패션, 청청패션, BYC 양말, 뉴미니멀리즘, 트레이닝복, 후드티, 배꼽티, 개화기 의상, 교복데이트, 폴로 셔츠, 동묘 구제시장, 힙색, 벨트백, 휠라, 코듀로이 팬츠, 뽀글이
	식품	대구근대골목단판빵, 다방, 델몬트, 레트로 선물세트, 별뽀빠이, 바나나맛 우유, 꽈배기, 밍키의 군것질, 델몬트 칠성, 해피라면, 오뚜기 3분 요리, 떡방아 호빵, 쌍화, 분홍 꼬깔콘, 대선소주, 약과, 양갱, 퓨전떡
	게임	다마고치 썸, WoW 클래식, 바람의 나라, 콘트라:리턴즈, 리니지 리마스터, 캡콤 홈 아케이드, 스트리트 파이터, 1994, 록맨
	음악	바이닐 레코드, CD, 카세트 테이프, LP 바, Again 학전 콘서트, H.O.T, 젝스키스, 핑클, 신화, 트로트
	방송	온라인 탑골공원, OTT(온라인동영상서비스), 여의도 청백전, 쇼 쇼쇼, KBS 가요대축제, 어게인 가요톱10, K팝 클래식, 뮤직뱅크 클레식, 탑골 제니, 조선의 레이디 가가, 오래된 캬라멜, 양준일, BT21 애니메이션, 슬램덩크, 달빛천사, 카드캡터 체리, 옛날드라마, 수사반장, 전설의 고향, 청춘의 덫, 순옥명작관, 가을동화, 마지막 승부, 순풍산부인과, 지붕뚫고 하이킥, 미달이, 응답하라 시리즈, 미스터 션샤인, 미스 트롯
	기타	니워당녠(너와 나의 그 시절) - 낡은 필름 사진의 화질을 복원하는 기술 돌아온 스카이(SKY), 폴라로이드, 카세트테이프, 공중전화, 싸이월드, 선데이 서울, 자개장, 흑백사진, 필름 카메라, 아기공룡 둘리, 꾀돌이, 슈퍼마리오, 빈티지 컵, 레트로 컵, 롤러스케이트, 도시 재생, 클린앤클리어 훼어니스로션, 보헤미안 랩소디, 마리아 칼라스:세기의 디바, 어메이징 그레이스, 유열의 음악앨범, 벌새, 우디와 버즈, 애니메이션 OST, 386세대, X세대, 아재 개그

2020	패션	휠라, 프로스펙스 오리지널, 명품 구제 의류, 스트리트 패션, 곰표 패딩, 곰표 쿠션, 어글리 슈즈, 서스팬더(멜빵), 커플룩
	식품	진로이즈백, 소주왕금복주, 앙버터 몽땅, 삼립호빵, 치즈방앗간, 찰 초코파이, 참붕어빵, 오징어버거, 야채라이스 불고기버거 오비라거, 삼양라면, 별뽀빠이, 해피라면, 배배, 랄라베어(OB맥주), 돌아온 엄마의 실수(과수원을 통재로 얼려 버린 엄마의 실수의 리메이크 버전), 삼진분식 3종(찹쌀 도나스, 피카추 돈가스, 튀김 사각), 양갱, 모나카
	음악	LP판, 서태지와 아이들, 추억의 시트콤, 탑골 GD, 양준일
	방송	시골가족(유튜브 방송), 온라인 탑골공원, 슈가맨
	기타	미니카, 빈티지 장난감, 레고테크닉 랜드로버 디펜더, 건담 프라 모델, 영웅본색, 성수동, 빈치지 여행

2017년과 2018년에는 주로 음악과 방송 관련 키워드가 언급되던 것에 비해, 2019년과 2020년에는 음악과 방송 키워드 이외에도 패션과 식품 등의 키워드가 폭발적인 비율로 자주 언급되는 것을 볼 수 있다. 이러한 키워드 역시 젊은 세대들이 주도하는 뉴트로의 바람을 타고 일어난 파급효과라고 봐야 할 것이다.

2) 인터넷 신문기사가 내포한 의미 분석

레트로는 세시봉, 응답하라 시리즈, 슈가맨과 같은 단편적 회고 현상이 방송 프로그램에 반영되기 시작하면서 나타났다. "특정 세대의 불안과 인정 욕구"[17]가 반영되면서 노스탤지어의 감정을 북돋

---

17 박성천, 「그땐 그랬지…세대 불안·욕구 담은 추억팔이…」, 〈광주일보〉, 2017. 09. 15.

는 방향으로 흐르면서 소수만의 문화 현상에 머무를 수도 있었다. 그러나 젊은 세대들은 레트로를 전수받아 그것을 새롭게 소화하여 자신의 개성을 드러내고 자랑하는 수단으로 삼았다.

부모 세대가 자신과 동일한 시대에 입었던 패딩과 폴로 티셔츠를 더욱 세련되게 차려 입고, 그들이 즐겼던 바이닐 레코드를 보란 듯이 소유하고 평가한다. 이러한 행위는 레트로를 뉴트로로 새롭게 해석할 수 있는 안목을 드러내는 척도가 되고, '요즘 노래'를 비하하는 기성세대들에게 자신들 역시 음악을 향유할 수 있는 품격을 갖춘 존재임을 증명하는 행위가 된다. 젊은 세대들은 과거의 것을 가장 첨단의 것으로 뒤바꾸는 전복의 재미를 일종의 문화적 놀이로 인식하고 있으며, 레트로를 비틀어 뉴트로를 생산해낸다.

밀레니얼 세대를 가리켜 기성세대들은 'N포 세대'라고 칭하며, '포기'라는 것이 숙명인 것처럼 규정했다. 젊은 세대들은 그런 숙명을 부여한 기성세대들이 자신들과 같은 나이였던 시절의 문화들을 보란 듯이 활용하고 있다. 레트로는 바로 앞 세대들이 향유했었던 문화였기 때문에 그 실체와 흔적이 고스란히 남아 있는 유물과 전통이다. 뉴트로는 그것을 따라 하고 향유하는 것처럼 보이지만, 사실상 교묘하게 비틀어 자신들의 것으로 만든다.

이런 젊은 세대들의 문화생산 활동을 신문기사들은 애써 의미를 국한시키고 있었다. "요즘 청년세대의 팍팍한 현실은 부모님 슬하에서 걱정 없이 누렸던 어린 시절의 문화 콘텐츠가 너무나 아련하고 좋은 것"[18]이라는 분석과 "Z세대의 마음을 사로잡은 동시에 부모 세대의 향수까지 자극하며 세대를 잇는 매개체"[19]로 해석하는 경우가 대표적이다. 기성세대들은 자신들이 레트로를 즐기는 심리를 아무런 숙고 없이 그대로 젊은 세대들에게도 투영시키고 있었다. 노인들에게 전 생애에 대한 자서전적 기억을 회고하게 하였을 때 청소년기에서 초기 성인기의 기억을 가장 많이 회고하는 현상을 가리켜 '회고 절정(reminiscence bump)'이라고 부르는데,[20] 이런 현상으로 레트로를 해석할 수는 있을지 몰라도 뉴트로를 해석하는 데에는 많은 모순이 따른다. 젊은 세대들은 지금이 삶의 절정기이므로, 과거를 회상할 커다란 이유가 없다.

또한 기성세대들의 문화에 관심이 많은 젊은 세대들의 행위를 통해 공감과 소통이라는 바람과 기대를 내비치고 있지만, 젊은 세대들의 문화 전복 현상에 대해서는 깊이 있는 해석을 하려 들지 않는다. 다만 "레트로가 가진 촌스러움, 싫증, 권태, 지루함 등을 센스 있게 재해석하여 현대화할 수 있는 전략"[21]을 통해, 젊은 세대들을 새로운 소비층으로 타깃화 하고 대상화하는 것에만 집중하고

---

18 전미옥, 「향수의 잠재력」, 〈경기일보〉, 2019. 11. 11.
19 최재수, 「새로운 복고, 세대를 잇다…요즘 대세 '뉴트로' 열풍」, 〈매일신문〉, 2020. 02. 17.
20 곽호완 외, 『실험심리학용어사전』, 시그마프레스, 2008.
21 김은경, 「뉴트로」, 〈영남일보〉, 2020. 01. 17.

있다. 신문과 방송, 마케팅을 주도하는 이들이 기성세대들이다 보니, 뉴트로를 자신들의 구미에 맞게 재단하여 편협하게 해석하는 경향을 보이고 있는 것이다. 그러나 젊은 세대들의 뉴트로 현상은 보다 심층적이고 다각도로 분석되어야 할 문화현상이다.

최근 JTBC의 프로그램 〈슈가맨〉에서는 90년대의 아이돌 '양준일'을 소환하면서 그를 일약 화재의 인물로 떠오르게 했다. 양준일은 한국 문화가 이제 막 꽃을 피우기 위해 봉오리를 틔우던 시절, 터부와 편견 속에서 사라졌던 젊은 아티스트였다. 그를 추방했었던 기성세대들은 양준일을 돌아보면서 아직 미숙했었던 그 시절의 자신들을 되돌아보게 되었다. 뜻밖에도 이런 깨달음을 던져준 것은 젊은 세대들이었다. 유튜브를 떠돌아다니며 과거와 현재 할 것 없이 잡식성에 가까운 문화 향유 현상을 보이는 젊은 세대들에게 양준일은 그야말로 '핫(Hot)'한 요즘 가수들과 다를 바가 없었다. 그런 그를 알아보고 새롭게 발굴하여, 추방되었던 그를 다시 찾아 호명한 것은 젊은이들이었다. '양준일 신드롬'[22]에서 보듯이 젊은이들의 뉴트로는 기성세대들의 문화를 즐기는 것뿐만 아니라 재평가하고 검증하는 역할도 동시에 수행하고 있다.

기성세대들이 젊은이였던 시절에는 기성문화를 비판하고 부수는 것이 사회적으로 정당한 명분을 가지고 있었다. '군사 문화',

---

22 장덕현, 「'시간여행자' 양준일 신드롬」, 〈매일신문〉, 2020. 01. 10.

'독재 정치' 등의 거대한 화두들을 앞세워 젊은 세대들은 열정과 정의로 무장한 채 거칠 것 없이 자신들의 생각을 외칠 수 있었다. 그것이 90년대에 들어서며 민주주의 도래와 경제적 성장의 세례를 받으며 세련된 문화로 발전할 수 있었고, '유니섹스'와 같은 패션과 '서태지와 아이들'과 같은 파격은 기성세대들에 대한 저항으로 용인되었다.

그러나 지금의 Y세대와 Z세대는 기성세대인 베이비붐 세대와 X세대에 비해 인구 비율에 있어서도 열세이면서 동시에 경제적인 구조에 있어서도 그들의 그늘을 벗어나기 힘들다. 어느 시대나 젊은 세대들이 기성세대를 넘어서려는 외침은 거셌다. 그러나 현재의 젊은 세대들에게는 입시와 취업, 경제난 앞에서 자신을 적극적으로 드러내 무언가를 개혁할 명분과 에너지가 부족하다. '디지털 원주민'이라고 불리며 SNS와 같은 개인적 매체와 소통 수단을 가진 그들은 휴대폰을 들고 기성세대들이 즐겼던 문화를 대놓고 향유하고, 모방하고, 자신들의 것으로 만들어가면서 전복의 재미를 느끼고 있다. 이런 뉴트로 현상을 보면서 기성세대들은 가볍고 철학 없는 자신들의 문화에 염증을 느낀 젊은 세대들이 자신들의 질 높은 문화를 수용하는 현상으로 이해하고 싶을지 모르지만, 젊은 세대들의 생각은 다른 곳에 있는 듯하다. 젊은 세대들에게 뉴트로는 기성세대의 비위를 거스르지 않으면서 그들의 정신적 정수인 '문화'를 전복하기 위한 작은 반란에 가깝다.

레트로 현상이라는 이름으로 모든 것을 한꺼번에 담아 해석하려는 시도가 위험한 이유는 여기에 있다. 레트로와 뉴트로는 다른 세대에 의해 전혀 다른 목적으로 발전하고 있는 문화현상이다. 이 둘을 섬세하게 구분할 때, 문화 현상으로서의 깊이 있는 고찰이 가능할 것으로 보인다. 특히 젊은 세대들의 뉴트로 현상에 집중할 때 진화하고 있는 문화 향유 방식의 현재 궤적으로 읽어낼 수 있을 것이다.

4. 인문학적 접근의 필요성

레트로는 패션에서 시작하여 주로 디자인, 드라마, 음악 분야에서 창작의 원천으로 사용되었다. 레트로의 핵심 속성은 과거로의 회귀, 복고지향적인 태도와 과거에 대한 그리움과 향수이다. 그렇다면 왜 대중들은 자꾸만 과거로의 회귀를 욕망하는가?

이러한 근본적인 질문은 늘 반복될 수밖에 없다. 결국, 그것이 레트로의 본질이기 때문이다. 그런데 여기에서 한발 더 나아가, 레트로가 뉴트로로 확대되면서 기성세대의 문화에서 젊은 세대의 문화로 그 주체가 확장되고 있는 시점에 서 있다. 문화 현상의 주도권이 바뀌고 있는 셈인데, 이것은 젊은 세대가 가진 특수성을 내밀하게 바라보아야만 그 원인이 밝혀지리라 본다. 세대와 시대, 인간의 감정과 정서까지 두루 아울러야만 한국 사회가 보여주고 있는 레트로와 뉴트로에 대한 분명한 윤곽이 잡힐 것이다.

전혀 다른 경험과 시대를 살아간 세대들이 과거에 집착하고 있는 현상은 분명 기이한 것이다. 하스펠(Auguste Haspel)이 지적한 것처럼 "과거는 안전을 의미하기 때문에 힘겨운 현재가 과거를 돌아보게 한다."[23]라는 말을 되새길 때, 복고주의가 유행하고 있다는 것은 한국 사회를 살아가고 있는 대중들의 불안한 심리를 반영한다. 기성세대와 젊은 세대 할 것 없이 모두 불안을 잠재우기 위해 과거를 돌아보고 있는 것이다. 그러나 이 불안의 근원과 형태는 분명히 다르다. 젊은 세대들의 뉴트로를 기성세대들의 틀 안에 가두어 해석해서는 안 된다.

그러나, 앞서 살펴본 레트로 관련 연구들은 하나같이 레트로의 형태적 재현이나 차용에 집중한 것 이상의 성과를 거두지 못하고 있었다. 또한, 신문기사의 논조 역시 기성세대들의 입장에서 크게 벗어나지 못하였다. 같으면서도 다른 레트로와 뉴트로 현상을 세대별로 아우를 수 있는 있는 섬세한 고찰이 필요한 시점이지만, 단순히 레트로를 형태적 재현이나 차용의 개념으로만 바라보는 관성이 계속되고 있다. 보다 인간의 근본적인 감정과 정서적인 내적 속

---

23 Smith, Kimberly K, "MERE Nostalgia: Notes on Progressive Paratheory", *Rhetoric&Public Affairs*, Vol. 3, NO. 4, 512쪽. 송화숙, 앞의 글, 78쪽에서 재인용.

성의 차원에서 깊이 있게 검토할 시점이다. 그것의 대안이 인문학이라고 생각한다. 획일적이고 파편적인 연구들을 대신할 연속적이면서도 개별적인 인문학적 연구가 필요한 시점이다.

한국 현대시에 나타난
레트로 문화 코드

안도현의 음식시를 중심으로

배옥주

1. 서론

레트로 열풍이다. 'Retrospect'를 줄인 레트로는 과거를 그리워하는 복고주의적 감성을 전달한다. '복고'라는 문화코드는 과거를 퍼서 현재에 담는 물음이자 응답이다.[1] 최근 복고문화는 장기 불황과 불안정한 정세를 벗어나고 싶은 심리를 기반으로 번져간다. 복고문화는 20세기 중후반, 경제 호황기와 문화적 격변을 겪은 중장년 세대에게 추억을 소환하는 신드롬을 불러온다. '레트로'는 현재

---

[1] 김우필, 「빈티지 속물주의에 빠진 대중매체 복고현상」, 『플랫폼』, 인천문화재단, 2015, 52쪽.

로 불러온 과거를 통해 현재의 자신이 위로를 받거나 치유되는 문화코드[2]이다. 복고문화는 퇴행 심리를 자극하여 내면 만족이나 심리적 위로를 얻게 해준다.

이런 형태의 복고문화는 예전부터 이어져 왔다. 대중 매체는 추억의 드라마를 재방영한다거나 추억의 스타를 소환하는 등 복고문화의 명맥을 잇는 역할을 하고 있다. 예를 들면 JTBC의 '슈가맨'을 통해 컴백한 뮤지션 '양준일'과, 명절에도 사라져버린 씨름을 부활시킨 KBS의 '씨름의 희열'이나 TV조선의 '트롯' 열풍을 들 수 있다. '양준일'의 소환과 '트롯'의 귀환은 대중의 열광적 지지로 신드롬을 넘어섰다. 특히 트롯 열풍은 획기적인 현상이다. '트롯' 장르는 밀레니얼 세대에게는 부모 세대의 낡은 음악으로 치부되던 장르였다. 하지만 지금 트롯은 스토리와 경연 형식의 변화와 문화적 울림으로 재평가되고 있다.

레트로 열풍은 밀레니얼 세대(Millennials)에게도 추억이나 감성을 느낄 수 있는 새로운 의미와 가치를 부여하며 뉴트로 열풍으로 확산 중이다. 밀레니얼 세대가 복고를 바라보는 방식은 새로움, 혼합적, 관능적이다.[3] 복고를 불러내는 콘텐츠 전략은 잠재된 옛날

....

2 '문화코드'의 사전적 정의는 한 사회 구성원에 의하여 습득, 공유, 전달되는 일정한 문화적 규약이나 관례이다. 따라서 문화적 관례에 의해 형성된 문화코드에는 사회 구성원이 체득한 문화적 정서가 녹아 있다.

3 천정현·정석연, 「역사주의관점으로 본 실내공간의 복고적 성향 변화에 관한 분석」,

기반을 수면 위로 끌어올리는 데 성공한 셈이다. 미래학자 롤프 옌센(Rolf Jenssen)은 정보 사회에 뒤이어 도래할 사회를 드림 소사이어티(dream society)로 예측했다.[4] 드림 소사이어티[5]는 롤프 옌센의 예측처럼 복고문화에 접목되어 진가를 발휘한다.

대중 미디어를 타고 번지는 복고문화는 시에서도 레트로 문화코드나 드림 소사이어티로 접할 수 있다. 시를 통한 과거의 추억 공유는 공유하는 사람들에게 자신도 경험했을 공감의 서사를 환기하게 한다. 시적 소재는 오래전 추억이나 잊을 수 없는 향수를 불러올 때 감성적 요소가 부각되어 공감의 스펙트럼이 넓어질 것이다. 레트로 문화코드는 과거의 기억을 환기하는 욕망에 기반한다. 기억은 과거를 통해 현재를 돌아보게 하는 심리적 공간으로 내면에 투사된 과거의 일이 현재화되는 것이다.[6] 시인은 다시 돌아갈 수 없는 시간과 공간을 통해 아쉬움의 경험과 사유를 재구성하고 심리적 안정을 회복하는 정서적 특성을 드러낸다.

음식은 다른 세계와의 소통에 가장 오래 사용되었다. 음식은 친

....
2019, 190쪽.

4 송명희, 「신화의 귀환과 이야기의 힘-양준일」, 『한국실내디자인학회 논문집』 29(2), 한국실내디자인학회, 2020, 26쪽.

5 드림 소사이어티(dream society)는 꿈과 이야기 등의 감성적 요소가 중요하게 부각되는 이야기를 바탕으로 성공하게 되는 새로운 사회를 말한다.

6 안상원, 「'기억'의 시적 영향 관계 연구-백석과 박용래를 중심으로」, 『한국시학회 학술대회논문집』, 한국시학회, 2015, 72쪽.

밀한 정서를 전달하기 위해 나누는 관계와 소통의 매개체로 관계 맺기의 가장 오래된 증여 형식이라 할 수 있다.[7] 상호 간에 음식을 나누는(함께 먹는) 행위는 친교를 뜻하는 경우가 흔하다. 함께 식사를 한다는 것은 동석자들 사이에 타인과 다른 감정 혹은 관계가 형성된다는 것을 의미하기 때문이다.[8] 시에서도 '음식'이라는 소재를 통해 만들어진 기억은 특별한 관계가 형성될 가능성이 높다. 음식을 먹는 행위는 기억의 장치를 선명하게 재생하기 때문이다. 현대의 음식 중에는 '옛날'이 수식어로 붙는 음식이 많이 등장한다. 옛날 통닭, 옛날 과자, 옛날 팥빙수, 옛날 도시락 등 음식 앞에 '옛날'을 붙여 추억을 자극한다. 굳이 '옛날'이 수식하지 않더라도 '냉삼-냉동삼겹살'처럼 옛 기억을 환기하는 복고음식은 그때 그 시절 음식으로 나누던 추억을 통해 다양한 레트로 문화코드를 소환한다. 이처럼 옛날 음식은 옛날부터 먹어오던 음식이라면, 복고음식은 향수를 자극하여 다시 찾는 옛날 음식을 말하기 때문에 이 둘은 확연한 차이가 있다.

이렇게 복고음식이 시의 소재가 될 때 오래 전 그 음식을 경험한 사람들의 공감대는 확장될 수밖에 없다. 시인이 선택한 소재는 그

---

7 박재환, 『일상과 음식-일상생활 속의 음식』, 한울아카데미, 2009, 25~27쪽.
8 김남석, 「음식문화와 문화접변-반두비에 나타난 국내 한국인과 이주 노동자의 식사 장면을 중심으로」, 『다문화사회연구』 12(2), 숙명여자대학교 아시아 여성연구원, 2019, 118~119쪽.

작품의 지배적인 정서를 대변하는 요소가 되기 때문이다. 안도현의 아홉 번째 시집 『간절하게 참 철없이』의 출간 이후, 음식시를 통해 옛날 음식을 기억하게 되거나, 옛날 정서를 기억하게 되는 것은 안도현의 이전 시[9]와는 다른 특징이라는 것을 알 수 있다. 안도현 시의 소재가 되는 음식은 개인과 사회의 일면을 재구성하는 서사의 힘을 가진다.[10] 그 음식이 향수나 추억 같은 고유한 정서와 사유가 녹아 있는 옛날의 음식이라면 더 특별한 서사를 만들어낼 것은 자명하다. 안도현 시의 소재로 활용되는 복고음식은 과거의 기억을 소환하는 문화코드의 역할을 충실하게 수행한다.

본고에서는 안도현의 시에서 소재로 활용되는 복고음식을 통해 사회문화적 정서를 함유한 레트로 문화코드를 살펴보는 데 목적이 있다. 안도현이 선택한 '음식'이라는 소재 속에는 옛 기억을 떠올리게 하는 다양한 정서가 집약되어 있기 때문이다. 무의식에 내재된 오래된 기억의 한 조각과 조합을 이루는 요소에는 레미니상스(Reminiscence)[11]와 노스탤지어(Nostalgia) 등이 있다. 레미니상스와

----

9 안도현은 공감의 상상력으로 보편적 서정의 구심력을 추구하는 시인이다. 음식시에 집중하기 전 안도현의 시는 자연에 대한 서정 속에서 삶의 체험이나 상념의 영역을 구축해왔다. (이경호, 「서정을 쇄신하는 파종의 힘」, 『작가세계』 20(3), 작가세계사, 2008, 253~260쪽.)

10 배옥주, 「현대시의 소재로 활용된 '국밥'의 서사 양상」, 『한국문학이론과비평』 84, 한국문학이론과비평학회, 2019, 160쪽.

11 정의태·정경희, 「문화콘텐츠에 나타난 '레미니상스(Reminiscence)'에 대한 스토리

노스탤지어는 과거에 대한 복고·회상·연민·기억을 유도하는 촉발 요소로서 추억을 회상하며 그리워하거나 다시 돌아갈 수 없음에 대한 아쉬움을 포함하는 레트로 문화코드로 읽을 수 있다. 안도현의 시에 나타난 복고음식의 레트로 문화코드를 분석해보면 여지껏 보여주지 않았던 안도현의 새로운 시적 인식과, 음식시를 통해 의도하는 정서를 규명할 수 있을 것이다.[12]

2. 안도현의 음식시

안도현이 소재로 활용한 음식시는 기존 시인의 음식시에 비해 양적·질적으로 차별화를 보인다. 이런 특징은 백석에게 영향을 받은 것으로 짐작할 수 있다. 안도현은 1980년 대학 1학년부터 백석의 열성팬으로 그의 시를 읽고 필사했으며, 백석의 시는 자신이 깃

텔링 측면의 의미와 활용」, 『디지털융복합연구』 16(11), 한국디지털정책학회, 2018. 11, 479쪽. ('레미니상스(Reminiscence)'의 어원은 라틴어 re(다시)+memini(기억하다)로 회고, 회상을 나타내며 어렴풋한 기억(추억)이나 예술문학작품에서 무의식의 차용, 공동체적 집단 무의식의 잠재된 기억 등으로 의미를 정의하고 있다.)

12 본고에서는 안도현의 시 중 음식을 소재로 한 음식시를 통해 레트로 문화코드를 고찰하고자 한다. 특히 안도현의 시집 중 아홉 번째 시집 『간절하게 참 철없이(창비, 2008)』에 나타난 음식시를 중심으로 살펴볼 것이다. 안도현의 시집 중 『간절하게 참 철없이』에 가장 많은 음식시가 상재되어 있는데, 이 시집의 2부에서는 19편 전체가 음식시로 구성되어 있다. 특히 이 시집의 2부 모두가 어린 시절 먹던 토속음식들로 구성되어 있어서 발행 당시 화제가 되었다.

들일 완전한 둥지였다고 고백한다.[13] 백석은 유년의 추억과 향수로 음식에 천착하는데, 안도현이 음식시에 깊은 관심을 보이는 현상은 백석의 시에 빠져들게 된 것과 연관성이 깊다. 안도현이 음식을 소재로 활용하는 시를 자주 쓰는 이면에는 백석이 존재하고 있으며, 백석과 안도현은 '음식'이라는 교집합으로 한 데 묶여 있음을 알 수 있다.[14]

실제로 안도현은 아홉 번째 시집 『간절하게 참 철없이』[15]로 《11회 백석 문학상》을 수상했다. 그는 수상 소감에서도 백석을 흠모한 사실을 밝히고 있다. 그리고 심사위원들은 수상 시집이 향토와 음식에 뿌리박은 언어를 통해 공동체의 기억을 재구성하고 있으며, 백석의 시정신을 계승하는 시세계를 일궈내고 있다고 평가한다. 그의 시에 나타난 음식시는 언어와 음식이 일치하고 있으며 간절하게 백석을 복원하고 있다.[16]

안도현은 『간절하게 참 철없이』에서 2부 전체 19편을 음식을 소재로 활용한 음식시로 채우고 있다. 그는 시집 외에도 2010년 발간한 두 번째 동시집 『냠냠』에서도 음식을 주제로 기획한 동시 40편

---

13 안도현, 「그리운 시인, 백석」, 『실천문학』, 실천문학사, 1999, 178~180쪽.
14 실제로 안도현은 백석의 시 「흰 바람벽이 있어」의 한 구절을 표제로 한 네 번째 시집 『외롭고 높고 쓸쓸한』을 발간할 만큼 백석에 대한 깊은 애정을 보여준다.
15 안도현, 『간절하게 참 철없이』, 창비, 2008.
16 고은·최원식·황지우·안도현, 「제11회 백석문학상 발표 – 안도현 시집 간절하게 참 철없이」, 『창작과비평』 37(4), 창작과비평사, 2009, 480~488쪽.

을 보여준다. 실제로 안도현은 대담[17]에서 자신은 맛집을 꿰뚫고 있으며 요리 또한 관심이 남다르다고 말한다. 이를 통해 그는 음식에 대한 강한 애착으로 음식을 시적 소재로 활용하겠다는 남다른 의지를 가진 시인이라는 사실을 확인할 수 있다. 다음 안도현의 시작 노트와 대담을 살펴보자.

나는 음식을 먹으면서 거기에 들어간 재료와 음식의 빛깔과 요리 방법에 대해 꼼꼼하게 생각을 많이 하는 편이다. 그래서 한번 먹어본 특이한 음식은 집에서 혼자 요리를 할 수 있을 정도가 된다. 음식을 먹는 행위는 훌륭한 관찰의 소재가 되고, 그 기억은 또한 멋진 시의 재료가 되는 것이다.[18]

음식이라는 것은 기본은 미각이지만 음식을 보기 위해서는 시각이 필요하고, 후각도 필요하죠. 음식을 씹을 때는 청각도 필요합니다. 모든 감각의 총결집체가 음식이라고 할 수 있습니다. 그리고 모든 음식에는 과거의 기억과 현재의 욕망이 한 데 엉켜 있지요.[19]

위의 글들을 볼 때 안도현의 기억과 관계를 맺고 있는 음식은 시와 밀접한 관계를 맺고 있다. 안도현은 세상과 사물을 보는 인식

17 안도현, 「사실과 상상 사이의 조붓한 길」, 『시안』 12(1), 시안사, 2009, 65쪽.
18 안도현, 위의 대담, 65쪽.
19 안도현, 손택수, 송승환, 「연민과 성찰의 시인」, 『시를 사랑하는 사람들』, 시를 사랑하는 사람들, 2007. 11·12쪽.

의 재발견으로 대중성과 문학성을 다 잡은 시인으로 평가받는다. 논자들은 90년대 그의 시정신을 서민정신, 숭고한 낭만주의, 자아 성찰과 자아 점검으로 보는 데 동의한다.[20] 이후 안도현의 시적 세계관은 사랑을 통한 삶의 궁극적 긍정이나 가치관에서 생태학적인 관점으로[21] 변모하고 있다.[22] 안도현은 주변의 자연이나 사회적인 관심에서 벗어나 자기 내면이나 인간 존재에 대한 탐색으로 시의 색깔이 바뀌는데,[23] 음식은 그 변화의 중요한 한 부분을 차지한다. 안도현은 시의 모든 영역에 시인 자신의 존재를 걸고[24] 공감의 영역을 넓혀가는 시세계를 추구한다.

안도현은 생명의 원시성을 회복하기 위해 음식을 소재로 시를 쓴다. 안도현이 초기에 쓴 음식시는 양적으로 많지 않았으며 혁명적이거나[25] 이념이나 현실 비판의 정서로[26] 나타난다. 반면 후기에

---

20 정효구, 「순결한 이상주의와 숭고한 낭만주의-안도현」, 『오늘의 문예비평』, 오늘의 문예비평사, 1995, 193~205쪽.

21 김동근, 「계간 시평: 시적 서정, 그 구심과 원심의 방향성(안도현, 『너에게 가려고 강을 만들었다』, 창비)」, 『문학과경계』 5(1), 문학과경계 마음과경계, 2005, 302쪽.

22 고훈우, 「'연어'를 산으로 보낸 시인 안도현」, 『인물과사상』, 인물과사상사, 1998, 76쪽.

23 문병학, 「외롭고 높고 쓸쓸한 시인 안도현 – 유배지의 시인은 왜 씩씩한가」, 『월간 말』, 월간말, 1995, 184쪽. (안도현은 자신을 찾아간 문병학에게 "나는 문학적 자유주의자이며 좋은 리얼리스트가 되고 싶다. 민중시를 아프게 반성하며 스스로 문학의 길을 내고 나아가 길이 되어야 한다고 생각한다."라고 말한다.)

24 이경호, 「시인산책 : 안도현」, 『작가세계』 20(3), 작가세계, 2008, 139쪽.

25 안도현, 「튀밥에 대하여」, 『외롭고 높고 쓸쓸한』, 문학동네, 1994. 39쪽.

쓴 음식시는 양적으로도 증가하였으며 옛 기억을 통해 공동체의 생명력과 내면적 감상을 드러내는[27] 정서로 변모한다.

「튀밥에 대하여」[28]에서는 "순식간에 뒤집히는 삶을 기다려오지는 않았는지 튀밥으로 배 채우려는 욕심이 크면 클수록 입안에는 혓바늘이 각성처럼 돋"는다는 삶에 대한 비판적 자아 성찰을 하고 있으며, 「송어회를 먹으며」[29]에서는 "북녘 어느 산속에서 탄광 노동자로 일하는 형님을 나는 생각합니다"로 시작해 탄광 노동자의 소외된 삶에 대한 "불평과 불만을 안주 삼아" 현실 비판을 한다.

「숭어회 한 접시」[30]에서도 "세상은 혁명을 주도해도 나는 찬 소주 한 병에다 숭어회 한 접시를 주문하는 거라"며 「송어회를 먹으며」와 비슷한 정서를 드러낸다. 「밥1」[31]에서는 "이북쌀과 이남쌀 신랑 각시 되어 합친 몸"을 통해 통일에 대한 염원을 드러내고 있다. 「새벽밥」[32]에서도 "끝내 닿아야 할 나라로 가는 아직은 춥고 어

....

　　안도현, 「그 밥집」, 『외롭고 높고 쓸쓸한』, 문학동네, 1994. 103쪽.
　　_____, 「송어회를 먹으며」, 『외롭고 높고 쓸쓸한』, 문학동네, 1994. 123쪽.
　　_____, 「숭어회 한 접시」, 『바닷가 우체국』, 문학동네, 2001, 17쪽.
26　안도현, 「밥1」, 『서울로 가는 전봉준』, 문학동네, 2004, 79쪽.
　　_____, 「새벽밥」, 『서울로 가는 전봉준』, 문학동네, 2004, 113쪽.
27　안도현, 『간절하게 참 철없이』 2부 전체 19편, 창비, 2008.
28　안도현, 「튀밥에 대하여」, 『외롭고 높고 쓸쓸한』, 문학동네, 1994. 39쪽.
29　안도현, 「송어회를 먹으며」, 『외롭고 높고 쓸쓸한』, 문학동네, 1994. 123쪽.
30　안도현, 「숭어회 한 접시」, 『바닷가 우체국』, 문학동네, 2001, 17쪽.
31　안도현, 「밥1」, 『서울로 가는 전봉준』, 문학동네, 2004, 79쪽.

두운 길을 보는가 눈물도 없이 먹는다 새벽밥이여"를 통해 아직은 춥고 어두운 우리의 현실을 보여준다.

이에 비해 본고에서 주목하는 시집 『간절하게 참 철없이』의 2부를 장식하는 시편들은 복고음식을 통해 옛 공동체의 원형을 복원하거나, 함께 나누던 추억과 내면적 감상을 호출하는 정서로 변화하고 있다. 안도현은 인간과 자연이 공생하는 생태학적 길을 유년의 음식을 통한 시로 모색하여 내면 정서 환기를 시도한다. 이는 『간절하게 참 철없이』의 2부 전체가 음식시라는 사실에서도 확인할 수 있다.

이 시집에 실린 시편들은 어렸을 때 먹은 음식들이 시적인 요리 과정을 거쳐 다양한 문화코드로 드러난다. 안도현 시의 복고음식은 옛 기억들을 하나둘 불러온다. 안도현은 과거의 심리적 공간에서 추억의 메뉴들을 불러내 공동체와 유년의 그리움을 레미니상스나 노스탤지어의 정서로 형상화되고 있다. 다음의 시를 통해 안도현이 기억하는 복고음식은 시인의 경험과 사유를 재구성하여 내면 정서를 환기한다는 사실을 발견할 수 있다.

    어릴 적 예천 외갓집에서 겨울에만 먹던 태평추라는 음식이 있었
    다 // 객지를 떠돌면서 나는 태평추를 잊지 않았으나 때로 식당에서

....

32 안도현, 「새벽밥」, 『서울로 가는 전봉준』, 문학동네, 2004, 113쪽.

메밀묵무침 같은 게 나오면 머리로 떠올려보기는 했으나 삼십년이 넘도록 입에 대보지 못하였다 // 태평추는 채로 썬 묵에다 뜨끈한 멸치국물 육수를 붓고 볶은 돼지고기와 묵은지와 김가루와 깨소금을 얹어 숟가락으로 훌훌 떠먹는 음식인데 눈 많이 오는 추운 날 점심때쯤 먹으면 더할 수 없이 맛이 좋았다 입가에 묻은 김가루를 혀끝으로 떼먹으며 한 번도 가보지 않은 바다며 갯내를 혼자 상상해본 것도 그 수더분하고 매끄러운 음식을 먹을 때였다 // 중략 // 허나 세상은 줄곧 탕탕평평(蕩蕩平平)하지 않았다 한쪽으로 치우치지 않고 탕평해야 태평인 것인데, 세상은 왼쪽 아니면 오른쪽으로 기울기 일쑤였고 그리하여 탕평채도 태평추도 먹어보지 못 하고 나는 젊은 날을 떠나보내야 했다 // 그러다가 술집을 찾아 예천 어느 골목을 삼경(三更)에 쏘다니다가 태평추,라는 세 글자가 적힌 식당의 유리문을 보고 와락 눈시울이 뜨거워진 적이 있었던 것인데, // 중략 // 그날 밤 하느님이 채 썰어서 내려 보내주시는 굵은 눈발을 툭툭 잘라 태평추나 한 그릇 먹었으면 하고 간절하게, 참 철없이도 생각해본 적이 있었던 것이다

-「예천 태평추」[33] 부분

위 시는 안도현 시집의 표제인 '간절하게 참 철없이'라는 문장이 들어있는 「예천 태평추」이다. 이 시에서 화자는 삼십 년 전 어린 시절에 예천 외갓집에서 먹던 '태평추'라는 돼지묵 전골 이야기를 풀어내고 있다. 태평추는 돼지묵 두루치기의 일종으로 경상북도

33 안도현, 『간절하게 참 철없이-예천 태평추』, 창비, 2008, 59~61쪽.

지방에서는 별식으로 유명한 음식이다. 태평추는 외갓집에서 먹던 음식이니 향수를 느낄 수 있으며 어머니와 연관성이 있을 것으로 짐작된다.

유년의 화자는 술집을 찾아 골목을 헤매고 다니다가 '태평추'라고 써진 식당을 만난다. '태평추' 세 글자가 써진 유리문을 보고 "와락 눈시울이 뜨거워"질 정도로 반가워하는 화자의 행위에서 필경 삶의 굴곡이 순탄치 않았음을 느끼게 된다. "삼경(三更)"에 혼자서 술집을 찾아 쏘다닌 것에서도 알 수 있듯, 세상은 왼쪽이든 오른쪽이든 "기울기 일쑤였"다. 세상은 화자에게도 그렇듯 "탕탕평평(蕩蕩平平)하긴 쉽지 않다.

화자에게 태평추는 어릴 적 외갓집에서 먹던 맛있는 메밀묵 전골 한 그릇 이상의 의미를 담고 있는 복고음식이다. 화자는 힘겨운 젊은 날 객지를 떠돌면서도 태평추를 잊지 않았다. 하지만 기울기만 하고 탕평하지 못한 젊은 날은 태평추도 먹어보지 못하고 보내야 했다. 그러다 술집을 찾아 헤매던 어느 날 고향인 예천 어느 골목 식당에서 삼십 년 만에 만난 '태평추'라는 세 글자의 복고음식은 화자의 마음을 열어젖히게 하는 원동력이 된다.

화자는 두드려도 열리지 않는 식당 앞에서 태평추를 먹을 수 없는 상황에 놓여 있다. 하지만 때마침 하늘이 문을 열고 "채썰어 내려주시"는 굵은 눈발을 통해 말할 수 없는 위안을 받는다. 밤을 밝히며 하늘이 내려주는 굵은 눈발은 화자가 그토록 먹고 싶어 하는 태평추 한 그릇이 된다. 하늘마저 문을 열고 추억을 뿌려주는 신세계를 경험하게 해준다. 그 눈발은 툭툭 잘라 한 그릇 태평추로 먹을 수 있을 것이며, 날이 새면 태평추를 먹을 수 있다는 부푼 희망에 먹먹한 가슴이 환해진다. 그러니 하늘이 열어준 문에 마음의 문도 열릴 수밖에 없으며 그 때의 추억으로 현재의 고통을 극복할 수 있는 것이다.

> 나도 얼굴을 본 적 없는 할아버지가 맛있게 자셨다는 이것을 담글 때면 어머니는 솜치마 입은 북쪽 산간지방의 여자가 되었으리라 그런 날은 오지항아리 속에 먼바다를 귀히 모신다고 생각했으리라
> ―「북방」[34] 부분

안도현의 음식시 「북방」에 나오는 "별스럽고 오래된 반찬" '명태선'도 '태평추'와 비슷한 추억의 복고음식이다. 명태선을 담그는 어머니를 "솜치마 입은 북쪽 산간지방의 여자"로 불러와 어린 시절의 어머니를 추억하며 "수만 마리 명태떼"를 떠올리는 것이다. 이처럼 맛은 선험적 체험으로 남아 있는 전의식적 감각이다.[35] 선험적 체험으로 남은 감각적 체험을 불러오면 정신적 위로를 얻을 수

---

34 안도현, 위의 책, 46~47쪽.
35 김용희, 「집중조명―송수권 작품론―한국시의 신서정과 음식시의 가능성」, 『시안』 8(1), 시안사, 2005, 72쪽.

있다. 화자가 시간이 지나도 어릴 적 입맛을 기억하는 것은 육체적 감각의 기억이 의식적인 조작 이전에 개입하기 때문이다.

몰리에르는 오감각의 단계를 거리의 관점에서 나누고 있는데, 가장 먼 곳에 있는 미각이 원시적이며 대상과는 가장 가까운 거리에 있다고 말한다. 미각은 '음식'이라는 대상을 먹음으로써 자신의 일부분이 되어 버리는 육화된 감각의 상태라고 할 수 있다.[36] 「예천 태평추」의 3연과 「북방」의 1연에서는 태평추와 명태선을 만드는 조리법과 먹는 방식을 친절하게 보여준다. 이를 통해 '태평추'와 '명태선'이라는 음식에 대한 화자의 깊은 애정을 느낄 수 있다.

북방에서 화자는 "국어사전"에도 없는 '명태선'을 "노인처럼 편애하였"다고 말하며 "덜 다져진 명태뼈"가 이에 끼어도 괜찮았다고 회상한다. 그리고 「예천 태평추」에서 화자는 철없다고 자조하면서도, 더 할 수 없이 맛이 좋은 태평추 한 그릇을 "간절하게 참 철없이도" 먹고 싶다고 말한다. 이 두 음식은 화자가 집과 외갓집에서 경험했던 잊을 수 없는 복고음식이 될 것이다. 이 음식을 떠올리는 화자는 다시 경험하기 힘든 그 시절을 그리워하며 레미니상스와 노스탤지어의 정서 속에서 심리적 안정감을 누리게 된다.

시의 소재로 쓰이는 복고음식이 지향하는 시적 기능은 불안한 현실을 극복하여 심리적 안정을 얻는 역할이다. 극복해야 할 상황

....

36 김용희, 위의 논문, 73쪽.

에 지친 현대인들은 옛날에 즐겨 먹거나 추억이 깃든 음식을 불러와 현재의 결핍을 메우며 벗어나고 싶은 현실의 심리적 불안을 해소하려고 한다. 현대시의 소재로 활용되는 복고음식을 보면 그 음식과 함께 했던 사람과 장소를 불러와 당면한 현실의 결핍을 메우며 위무 받고자 한다.[37] 이때 시인들이 복고음식 속에서 불러내는 사람은 '어머니'나 '할머니'가 많다. 개개인의 차이는 있겠지만 '어머니'는 정신적 위안을 주는 근원적인 존재다. 화자는 유년에 먹던 음식과, 그 음식을 만들어주던 어머니나 할머니를 통해 내면적 위안을 얻는다.

　　다음의 두 시에 나타난 복고음식을 통해서도 감상적 내면 정서의 레트로 문화코드를 짚어볼 수 있다.

　　　　외할머니가 살점을 납작납작하게 썰어 말리고 있다 / 내 입에 넣어 씹어 먹기 좋을 만큼 가지런해서 슬프다 / 가을볕이 살점 위에 감미료를 편편(片片) 뿌리고 있다 // 몸에 남은 물기를 꼭 짜버리고 / 이레 만에 외할머니는 꼬들고들해졌다 // 그해 가을 나는 외갓집 고방에서 귀뚜라미가 되어 글썽글썽 울었다

　　　　　　　　　　　　　　　　　　　　　　　-「무말랭이」[38] 전문

37　김미선, 「백석 시에 나타난 치유적 기능」, 『어문연구』 86, 어문연구학회, 2015, 147쪽.
38　안도현, 『간절하게 참 철없이-예천 태평추』, 창비, 2008, 45쪽.

외가에서는 오이를 / 물외라 불렀다 / 금방 펌프질한 물을 / 양동이 속에 퍼부어주면 물외는 / 좋아서 저희끼리 물 위에 올라 앉아 / 새끼오리처럼 동동거렸다 / 그때 물외의 팔뚝에 소름이 오슬오슬 돋는 것을 / 나는 오래 들여다보았다 / 물외는 펌프 주둥이로 빠져나오는 / 통통한 물줄기를 잘라서 / 양동이에 띄워놓은 것 같았다 / 물줄기의 둥근 도막을 / 반으로 뚝 꺾어 젊은 외삼촌이 / 우적우적 씹어 먹는 동안 / 도닥도닥 외할머니는 저무는 / 부엌에서 물외채를 쳤다 / 햇살이 싸리울 그림자를 / 마당에 펼치고 있었고 / 물외냉국 냄새가 / 평상까지 올라왔다

-「물외냉국」³⁹ 전문

위 시는 '무말랭이'와 '물외냉국'을 통해 유년의 추억을 떠올린다. 위 시의 소재인 무말랭이와 물외냉국은 '태평추'처럼 외갓집에서 먹었던 유년의 음식을 떠올리며 당시의 정서를 불러낸다. 무말랭이와 물외냉국에 녹아 있는 서사에는 사랑하는 이를 다시 불러올 수 없다는 아쉬움과 그리움으로 가득하다.

「무말랭이」에서 시인은 어릴 때의 자신이 "씹어 먹기 좋을 만큼" 납작하고 가지런하게 무를 썰어 무말랭이를 만들어주던 외할머니가 이레 만에 돌아가셨음을 시적 요리 과정을 거쳐 아쉬움과 그리움의 정서로 형상화하고 있다. 어린 화자는 외할머니를 잃은 상실감에 귀뚜라미처럼 "글썽글썽 울"었다. 시인은 「물외냉국」에서도

---

39 안도현, 위의 책, 48~49쪽.

유년의 기억을 휘감던 물외냉국을 통해 "평상까지 올라"오던 물외
냉국 냄새를 그리워하는 정서를 정치한 시적 비유로 형상화하고
있다.

어린 시절 '싸리울'과 '펌프'와 '평상'이 있는 시골 외갓집 풍경
의 중심에 '물외'라 불리던 오이가 동동 떠 있다. 그 오이는 젊은
외삼촌에게는 한입거리 간식이 되고 외할머니에게는 식구들의 반
찬거리가 되는 것이다. 외갓집 양동이 물 위에 동동 떠 있는 물외
를 외삼촌이 "우적우적 씹어 먹는 동안" 외할머니는 식구들이 먹을
수 있도록 참기름이며 갖은 양념을 한 물외냉국을 만들고 있다.

화자는 두 시를 통해 외가와 외할머니를 불러낸다. 외할머니는
손자가 씹어 먹기 좋을 만큼의 크기로 무를 자르고 있거나, 외삼촌
을 비롯한 가족이 먹을 오이냉국을 만들기 위해 물외를 채 치고
있다. 화자인 시인은 당시 온 가족을 위해 고단한 시간을 내준 할
머니를 바라보는 어린아이였다는 것을 알 수 있다. 유년의 '나'는
돌이킬 수 없는 물기를 짜버리고 돌아가신 외할머니의 죽음이 슬
퍼 가을볕이 뿌려지는 어느 날 "외갓집 고방"에서 고적한 "귀뚜라
미가 되어 글썽글썽 울"었을 것이며, 외갓집 식구들과 평상에 둘러
앉아 물외냉국을 먹으며 행복했을 것이다.

유년을 불러와 시를 쓴 화자는 외할머니의 손맛이 배어있는 무
말랭이나 물외냉국을 다시는 먹을 수 없다는 것을 안다. 두 시에서
'물외냉국'이나 '무말랭이'는 유년의 추억을 불러내는 복고음식이

다. 지금 시인에게 무말랭이와 물외냉국은 레미니상스의 기억을 간직한 복고음식으로 유년 속에 잠들어 있던 내면 정서를 깨운다. 무말랭이와 물외냉국은 기억은 툭 건드리기만 해도 감정이 북받쳐 오르게 만드는 여운을 남기며, 다시 돌이킬 수 없는 것에 대한 추억의 소환으로 이어진다. 다음의 시에 나타난 복고음식에서도 유사한 문화코드를 읽을 수 있다.

아버지는 우물가에서 닭모가지를 비틀고 어머니는 펄펄 끓는 물을 끼얹어 닭의 털을 뽑았습니다 / 장독대 옆 참나리가 목을 빼고 닭볏 같은 꽃을 들이밀고 바라보던 여름이었습니다 / 나리꽃 꽃잎에 버둥대던 닭의 피가 몇방울 튀어 묻은 듯 아린 점들이 여럿 박혀 있었습니다 / 부엌은 가난처럼 더웠으므로 마당에다 삼발이 양은솥을 걸고 닭을 삶아야했습니다 // 중략 // 살과 뼈가 우러나올 대로 우러나온 희뿌연 국물에다 손으로 버무린 것들을 넣고 센 불로 양은솥 안의 모든 것이 한통속이 될 때까지 끓였습니다 // 중략 // 그리하여 닭개장은 비로소 밥상 앞에 앉은 식구들 앞에 둥그렇게 한 그릇씩 놓이는 것이었습니다 /

-「닭개장」[40] 부분

하늘에 걸린 쇠기러기 / 벽에는 엮인 시래기 // 시래기에 묻은 / 햇볕을 데쳐 // 처마 낮은 집에서 / 갱죽을 쑨다 // 밥알보다 나물이 / 많아서 슬픈 죽 // 훌쩍이며 떠먹는 / 밥상 모서리 // 쇠기러기

40 안도현, 위의 책, 50~51쪽.

그림자가 / 간을 치고 간다

-「갱죽」⁴¹ 전문

위 두 시에는 어릴 때 먹었던 닭개장이나 갱죽을 통해 "가난처럼 더"웠던 부엌이나 "처마 낮"은 집의 가난했던 유년을 소환한다. 「닭개장」과 「갱죽」에서는 가난했지만 한통속으로 똘똘 뭉쳤던 가족 공동체에 대한 향수를 발견할 수 있다. 위 두 시는 '유년의 시절'이라는 특정 시간과 자신이 먹고 자란 '집'이라는 특정 공간을 대상으로 그리움의 감정을 재구성하여 보여준다. 시인은 잊을 수 없는 사람과 자연과 기억들을 시 속에 버무려 한 상 가득 차려놓고 유사한 경험을 가진 독자들을 불러 모아 공감할 수 있는 내면 정서를 나눈다.

「닭개장」과 「갱죽」에는 어머니의 숭고한 행위가 깃들어 있다. 닭을 잡아 닭개장을 끓이거나 시래기를 삶아 갱죽을 쑤는 어머니는 오로지 자식들의 허기를 채우고자 분주한 노고를 마다하지 않는다. 닭개장을 끓이기 위해 닭을 잡는 과정에서 나리꽃에 "닭의 피"가 튀어 묻는다거나, 국물처럼 "붉은 노을"을 퍼먹는다는 비유에서는 자연과 인간과의 교감이 함축적 정서로 형상화되고 있다. 화자는 "밥알보다 나물이 많아서" 슬픈 갱죽을 떠올리면서도 쇠기

41 안도현, 위의 책, 53쪽.

러기 그림자마저도 "간을" 쳐주었던 나눔의 고향을 추억한다. 한 그릇의 닭개장과 갱죽은 가족애의 향수를 추억하는 힘이 된다. 두 음식의 긍정적 정서를 통해 고통스러운 현실이나 슬픔을 극복하고 심리적 안정을 얻게 되는 것이다.

3. 안도현 시에 나타나는 복고음식의 레트로 문화코드

복고는 리메이크나 클래식 같은 느낌을 담고 있다. 레트로는 과거로 거슬러 올라간다는 '복고'를 상징하는 말이다. 이런 레트로 현상은 우리 사회에 여러 유형으로 퍼져 있다. 연구자들은 최근 불어 닥치는 복고문화 열풍에 대해 세기말적 낭만주의의 부활, 새로운 것을 두려워하는 인간들이 선택한 신보수주의로 불리는 '미소니즘', 아날로그의 복귀 현상 등으로 정의한다.[42] 최근 거세지는 복고문화 열풍에서 복고음식은 타 분야의 레트로 현상에 비해서는 예전부터 꾸준히 이어지는 복고현상이라고 볼 수 있다.

예전부터 즐겨 먹던 음식들은 레트로 문화코드로 꾸준히 소환되어왔다. 시기적으로 특별히 유행을 타는 음식이 있지만, 복고음식은 그 종류나 유형이 크게 변화하지는 않는다. 현대인들은 누구나

---

[42] 김동훈, 「세기말 Retro 현상을 대변하는 복고주의」, 『마케팅』 32(5), 한국마케팅연구학회, 1998, 87~88쪽.

먹어보았고 지금도 먹어보고 싶게 만드는 '엄마표'나 '할머니표' 수제비나 국수 등에 얽힌 추억을 불러와 공동체의 정서를 교류하거나 슬픔을 위로하고 극복한다. 이처럼 안도현의 시에 나타나는 복고음식은 생활의 체취와 밀착된 흔적이 묻어있을 뿐 아니라, 시간을 거슬러 오르는 추억을 담고 있어서 교감이 쉽다. 따라서 안도현 시에 등장하는 복고음식은 현재를 두텁게 하는 힘이 된다.[43] 시에 등장하는 복고음식은 다시 돌아갈 수 없는 시간과 공간에 대한 아쉬움을 달래주는 역할을 하기 때문이다.

시의 소재로서의 음식은 정신세계를 추구하던 시인들에게는 관심 밖의 사물이었다. 하지만 백석은 최초로 음식을 시의 텍스트 안으로 끌어들여 새로운 시의 경지를 개척하였다. 현대시에서 백석이 음식을 소재로 적극 활용한 이후, 음식은 시상 전개의 중요한 요소로 자리 잡았다.[44] 대학 1학년 때 백석에 반한 안도현은 백석을 사부로 알고 시를 창작해온 시인이니 백석과의 내적 연관성을 무시할 수 없다. 백석은 사소한 것 같지만 이어질 수밖에 없는 생명력을 가진 음식을 시로 제시하였고, 그의 시를 오랜 시간 긍정한 안도현은 자신의 시에서도 음식을 통해 정서를 공유하기가 비교적

43 김홍기, 「복고, 현재를 두텁게 하는 힘」, 『플랫폼』, 인천문화재단, 2015, 53쪽.
44 고형진, 「기획특집-한국 현대시에 나타난 음식 이미지 – 생활의 체취와 자연에 대한 물음」, 『시안』 7(2), 시안사, 2004, 26쪽.

쉬웠을 것이다. 이처럼 백석과 안도현의 음식시에서는 공동체의 생명력이 탑재된 문화코드의 유사점을 발견할 수 있다. 안도현은 시작노트[45]에서 "시라는 것이 엄숙하고 고결한 품격을 타고난 것은 아니며 그리해야 할 이유도 없다"고 말하며 일상성에 근접한 음식을 시로 불러와 음식시를 즐겨 창작한 것이다.

음식은 혼자 먹을 때보다 가족이 함께 먹을 때가 더 맛있고, 누군가와 나눠 먹을 때 정이 넘치니 더욱 맛있다. 고향 사람이나 가족이 모여 먹는 음식은 심리적으로 편안하게 만든다. 고향은 향수와 하이마트(Heimat) 개념을 지닌 공간으로 고독의 한 가운데서도 편안한 곳이다.[46] '고향'이라는 공간은 실존과 개인 정체성의 중심으로 깊고 다면적인 애착이 존재한다. 화자가 고향을 추억하고, 가족을 위해 음식을 만드는 어머니와 할머니를 기억하고, 거기 모인 단란한 가족 공동체를 소환하는 순간이 가장 안정된 심리 상태라는 것을 알 수 있다.

향수(鄕愁)는 삶의 가속화나 생산의 합리화, 역사의 지각 변동 등에 대한 방어 기제로 작동한다.[47] 향수는 추억과 회상을 통해 현재

---

45 안도현, 「사실과 상상 사이의 조붓한 길」, 『시안』 12(1), 시안사, 2009, 66쪽.
46 에드워드 렐프, 김덕현·김현주·심승희 역, 『장소와 장소상실』, 논형, 2005, 185~188쪽.
47 이화진, 「90년대를 돌아보기 – 세대의 기억 상품과 자기 서사」, 『대중서사연구』 20(3), 대중서사학회, 2014, 77쪽.

채워지지 않는 욕망의 결핍에 대해 심리적 안정을 취할 수 있도록 해준다. 사회학자 프레드 데이비스(Fred Davis)는 노스탤지어는 사라진 것이나 상실된 것에 대한 그리움의 감정으로 단순히 과거를 기억하는 것이 아니라 상실감의 위기에 대해 연속성을 확보하려는 정서적 반응이라고 보았다.[48] 현실의 세속적인 공간에서 고향은 순수하고 신성한 공간이 되기 때문이다. 안도현 시에서 복고음식을 통한 노스탤지어의 환기는 고향 마을이나 가족 공동체의 동질감 속에서 심리적 안정감을 얻게 한다. 현대시에 나타나는 복고음식은 추억의 매개체가 되는데, 공동체가 음식을 나누는 일상이 공감의 정도가 클 것이다.

안도현 시에 나타난 복고음식에 주목하여 레트로 문화코드를 읽어보았다. 복고음식에 집중하게 된 이유는 앞으로만 달려가다 지친 현대인들이 뜀박질을 멈추고 들여다보는 옛것의 한 가운데 복고음식이 존재한다고 보았기 때문이다. 『간절하게 참 철없이』의 시편에서 불러오는 복고음식은 기계적으로 반복되는 일상에 지친 사람들의 정신적 위무를 소환한다는 사실을 알 수 있다. 안도현 시의 소재로 환기되는 복고음식은 레미니상스를 발현시켜 카타르시스를 추구하고, 공동체의 동질감에서 비롯되는 노스탤지어의 심리적

---

48 이서라, 「복고콘텐츠의 그로테스크 리얼리즘, 그 역설적 현실 반영성-미하일 바흐친의 '라블레론'을 적용하여」, 『미디어, 젠더&문화』 33(3), 한국여성커뮤니케이션학회, 2018, 94쪽.

안정을 불러일으킨다. 이를 통해 안도현 시에 나타나는 복고음식은 레미니상스와 노스탤지어를 소환하는 문화적 코드의 역할을 착실하게 수행하고 있다는 사실을 알 수 있다.

4. 맺음말

레트로는 추억이나 회상, 회고를 의미하는 용어다. 이는 예전 상태로 돌아가고 싶거나 그리워하거나 다시 찾고 싶어 하는 시대적 징후의 복고현상이다. 레트로는 과거의 모양, 정치, 사상, 제도, 풍습 따위로 돌아가거나 그것을 본보기로 그대로 좇으려는 것을 이르는 말로 정서적 유희적 즐거움이나 감정 유발 등의 정서적 특징을 가지고 있다. 레이놀즈는 대중문화와 사적 기억이 교차하는 곳에서 레트로가 부활하며 과거에서 재미와 매혹을 찾는다고 말한다.[49] 복고주의라 불리는 것들은 시시각각 변하는 복잡한 사회구조 안에서 변화보다는 익히 알고 있는 친근한 옛것을 추구한다. 이는 예술이나 문학 등의 다양한 분야에서 발생하는 현대 문화코드의 한 흐름이 되고 있다.

옛것을 그리워하는 레트로는 현대인이 공유하는 문화 전반에 확

---

49 김민채·전수진, 「레트로 디자인에 나타난 노스탤지어의 기호화」, 『Journal of Integrated Design Research』 18(1), 인제대학교 디자인연구소, 2019, 114쪽.

장되는 추이를 보인다. 이런 현상은 믿음을 주지 않는 불안한 사회 구조와 불안정한 미래에 대한 심리적 불안을 해소하기 위한 대안으로 볼 수 있다. 회상은 심리적·정서적 측면에서 자신을 돌아보는 정신과정으로 과거의 경험 중에서도 의미 있는 것에 대해 생각하거나 이야기하는 것이다.[50] 옛것에 대한 가치를 재인식하는 과정은 반성의 기회도 주고 욕구도 충족시켜준다. 지금은 대중 매체나 건축물 그리고 음식까지 다양한 분야에서 기세를 확장하는 레트로 향수 문화코드와 과거의 것을 새롭게 소비하는 뉴트로(New-tro) 열풍이 이어지고 있다.

인간은 자기가 먹은 음식의 일부다. 자신이 먹은 음식에는 영혼과 정신이 담겨 있으므로 음식 서사를 발현한다. 이 음식이 복고음식일 때 메타포이자 메시지인 음식 서사는 더 풍부해진다.[51] 따라서 현대시의 소재로 활용된 복고음식에는 다양한 레트로 문화코드가 발생할 수밖에 없다. 근래 '냉삼'[52]이나 '달고나'[53] '소주'[54] 등의

50 전시자, 「회상에 대한 개념 분석」, 『대한간호학회지』 19(1), 한국간호학회, 1989, 93쪽.
51 H.포터 애벗, 우찬제·이소연·박상익·공성수 역, 『서사학 강의』, 문학과지성사, 2010, 47쪽.
52 '냉삼'은 냉동삼겹살을 줄인 말이다. 냉동 삼겹살 전문점이 점점 늘고 있다. 레트로의 유행에 동참하려는 사람들이 오래 전 추억을 즐긴다. 옛날에 쓰던 '오봉'으로 불리는 쟁반과 옛날 그릇들을 쓴다. '달고나'를 직접 만들어 먹을 수 있으며 실내장식도 레트로 문화코드를 읽을 수 있도록 만들어 놓은 고깃집이다.
53 '달고나' 코너는 추억을 상기시키며 공원 입구나 행사장 입구, 복고문화를 표방하

복고음식이 레트로 문화에 주도적으로 동참하고 있다. 복고음식은 과거로 회귀하여 언제든 불러낼 수 있는 음식이다. 복고음식은 지나간 시절의 음식이기 전에 현재성을 띠는 음식인 셈이다. 따라서 복고음식을 즐기는 것은 자아의 근원으로 거슬러 올라가 의미 있는 기억의 현재와 교류한다는 의미가 된다.

본 연구를 통해 두 가지 유형의 레트로 문화코드를 발견할 수 있다. 현대시의 소재로 활용된 복고음식에서는 공동체의 동질감 속에서 노스탤지어 정서로 심리적 안정을 추구하고, 레미니상스를 통해 카타르시스를 얻을 수 있다. 레미니상스는 과거의 특정 시기에 대해 무의식적이고 즉각적으로 반응하는 데서 나타나며,[55] 지치고 경직된 삶이 반추된 음식에 얽힌 스토리를 소비함으로써 심리적 안정을 얻게 된다. 복고음식을 통해 과거의 상황과 음식을 만들어주던 어머니나 가족 공동체의 혈연을 추억하고 팍진한 현실을 극복하며 정신적 위안을 구한다.

안도현의 음식시에서는 실존과 개인 정체성의 중심이 되는 '고향'과 '집'이라는 공간에서 심리적 안정을 얻기 위해 향수를 불러온다. 복고음식을 통해 과거를 반추하는 것은 과거의 추억을 끌어

는 주점의 코너 등에서 종종 발견할 수 있다.

54 처음 출시된 상표를 붙여서 파는 소주(진로 이즈백, 두꺼비 상표 등)의 매출이 늘어나고 있다.

55 정의태·정경희, 앞의 논문, 478~479쪽.

옴으로써 서로 간의 연대감이나 소속감을 도모하는 일이다. 현실에 대한 불만을 해소하기 위해 복고음식으로 위안을 얻겠다는 내면 심리를 발견할 수 있다. 복고음식을 불러오는 현대시 창작에서는 현재의 결핍된 공백을 메우려는 정신을 돌아보게 된다. 시에 활용될 복고음식의 소재 활용 빈도는 핍진한 현실 상황으로 볼 때 증가할 것으로 보인다. 본 연구에서는 음식을 소재로 활용한 시를 포괄적으로 발굴하지 못한 한계가 있다. 향후 레트로 문화코드 연구에서는 한정된 분석 대상을 넘어 심층적인 연구가 이루어질 것을 기대한다.

한국 드라마에 나타난 레트로 현상

드라마 〈육남매〉를 중심으로

김태희

1. 들어가며 : 트렌디 드라마에서 복고 드라마로

1990년대는 빛과 어둠이 공존한 시대였다. 유례없는 고성장을 기록하며 '국민소득 1만 달러 시대'라는 염원을 달성했지만,[1] 1997년 동남아시아의 연쇄적 외환 위기와 압축성장으로 인한 부작용, 외환보유고 관리 실패 등으로 IMF에 구제금융을 요청하면서 이른

---

[1] 국민소득 1만 달러에 대한 강한 염원은 이미 1980년대부터 존재해왔다. 미국이나 유럽 국가 앞에는 으레 '국민소득이 1만 달러가 넘는'이라는 수식어가 붙었고 자연스럽게 우리의 목표 역시 국민소득 1만 달러 시대로 제시되곤 했다(「도표로 보는 경제」, 『동아일보』, 1987. 10. 30.). 우리나라는 1995년 국민소득 1만 달러를 달성했다(「국민소득 만불… 선진경제 진입」, 『경향신문』, 1995. 05. 11).

바 'IMF 시대'를 맞이하기도 했다.[2] 선진국의 반열에 올라섰다는 환희를 만끽하기도 전에 들이닥친 경제위기는, 대량 실업과 불황으로 사람들의 삶을 위축시켰다.

상황이 이러하다보니 당대 사람들의 삶과 밀접한 연관을 갖는 대중문화 역시 다양한 국면과 맞닥뜨릴 수밖에 없었다. 1990년대 전반기는 우리 대중문화 전반에서 비약적인 발전이 이루어진 시기였다. 가령 대중음악 분야에서는 1992년에 등장한 서태지와 아이들을 필두로 1세대 아이돌그룹이 등장했고,[3] 영화 분야에서는 〈서편제〉(1993)와 같이 기념비적인 작품들이 쏟아져 나오며 한국영화의 붐을 이끌었다.[4]

텔레비전 드라마도 예외는 아니었다. 특히 1990년대 전반기에는 '트렌디 드라마'라는 새로운 흐름이 등장해 젊은 세대들을 텔레비전 앞으로 끌어들였다. 1992년 방영된 〈질투〉는 트렌디 드라마

---

2 1990년대 한국 경제의 위기와 진단에 대해서는 남덕우 외, 「IMF 사태의 원인과 교훈」, 1998을 참고할 수 있다.

3 장유정은 "1990년대 대중음악의 판도는 서태지와 아이들이 등장하면서 새로운 국면을 맞이했다"고 주장한다. 그는 서태지와 아이들과 유사한 아이돌 그룹이 등장한 1992년부터 1996년까지를 '전환기'로, 한류열풍과 더불어 대형기획사가 양성한 아이돌 그룹이 본격적으로 등장했던 1997년부터 2003년까지를 도약기로, 마지막으로 아이돌 그룹의 세대 교체를 이루며 새로운 한류스타들이 등장한 2004년부터 현재까지를 약진기라 명명한다. - 장유정, 「1990년 대중가요, 영포터의 추억을」, 2017, 55쪽.

4 〈서편제〉는 한국영화 최초로 100만 관객을 돌파한 작품이었다.

의 시초라 볼 수 있는 작품으로, 당시 시청자들에게 큰 인기를 얻으며 '질투 신드롬'을 일으켰다. 그 인기의 비결은 무엇이었을까. 작품은 남녀 주인공의 우정과 사랑이라는 평범한 멜로드라마의 내용을 담고 있지만 이야기를 전개하는 방식에 있어 기존의 드라마와는 전혀 다르다는 평가를 받았다. 당시 한 신문 기사의 내용에 따르면, "우연한 상황설정과 편집증적이며 가학적인 인물묘사로 다시 구태의연한 과거의 구렁텅이에 자진해서 빠져들고 있는 몇몇 주말극"에 비해 〈질투〉는 자극적이고 억지스러운 설정 없이도 "사랑의 감정 그 자체만으로" "풍부한 이야기 거리가 될 수 있다는 사실"을 보여주었고 동시에 감각적인 촬영술을 선보이며 대중의 눈과 귀를 즐겁게 해주었다.[5] 여기에 젊은이들이 선망하는 직업이나 라이프 스타일을 전시함으로써 많은 호응을 얻을 수 있었다.[6]

하지만 1990년대 중반 경제위기와 시기가 맞물리면서 트렌디 드라마에 대한 비판의 목소리가 나타났다. 작품 속 인물들이 현대적인 라이프 스타일을 누림으로써 대중에게 선망의 대상이 된 만큼, 작품은 다양한 소비를 부추길 수밖에 없었다. "〈질투〉가 제시

5 방송비평모임, 「MBC 미니시리즈 '질투」, 『한겨레』, 1992. 07. 10.
6 〈질투〉에 등장하는 젊은이들은 "한 잔의 커피와 신문, 그리고 음악을 들으며 하루를 시작하고 직접 차를 운전하며 컴퓨터를 능숙히 다루고 외국어 공부 등 자기개발에 열심인" 모습이다. 아울러 이들의 직업은 "여행사, 광고 대행사, 국제변호사, 방송국 PD" 등 당대 젊은이들이 선망하는 것으로 설정되어 있다. - 유인경, 「드라마 〈질투〉 신선한 극전개로 선풍」, 『경향신문』, 1992. 07. 04.

하는 이 시대의 사랑에 대한 정의는 우선 물질적 풍요와 끊임없는 소비에 대한 욕망을 전제조건으로 가지고 있는 것"이라는 당대의 평가는 트렌디 드라마가 갖고 있는 한계를 단적으로 보여준다. 〈질투〉의 유행이후 등장한 〈사랑을 그대 품 안에〉(1994)나 〈별은 내 가슴에〉(1997)는 재벌 남성과 가난한 여성의 사랑이라는 구도를 획득하면서 더 자극적이고 화려한 장면들로 화면을 채워나갔다.[7] 그러는 사이 〈질투〉에서 보여주었던 신선함과 풋풋함은 점차 사라지고 대중들은 트렌디 드라마로부터 피로감을 느끼게 되었다.

이로 인해 1990년대 후반에는 복고 드라마의 유행이 두드러졌다. 과거를 현재로 옮겨 오는 이른바 '복고' 경향은 90년대 중반부터 형성된 것으로, 광고계에서는 과거의 광고 카피들을 다시 활용해서 중장년층의 소비 심리를 자극하는 형태로, 텔레비전 드라마에서는 1960년대를 배경으로 한 〈옥이이모〉(1995), 〈형제의 강〉(1996~1997)이 방영으로 나타났다. 〈엄마가 어렸을 적엔〉과 같은 인형전시회가 인기를 끌었던 것도 이 무렵의 일이었다. 대중문화가 대중의 욕구와 밀접한 연관을 갖는다고 볼 때, 이러한 복고 열풍은 한쪽에서는 개인소득 1만 달러 시대에 열광하고 있었지만 다른 한편에서는 그로부터 소외된 사람들이 존재하고 있었음을 보여

---

7 최진실, 안재욱, 차인표가 주연을 맡았던 〈별은 내 가슴에〉는 "사치스러운 내용"을 이유로 방송위원회로부터 중징계를 받기도 했다. - 「〈별은 내 가슴에〉 중징계」, 『동아일보』, 1997. 04. 22.

준다. 빠르게 변화하는 사회로부터 연유하는 피로감 역시 '복고' 열풍의 주요 원인으로 지적되었다.[8]

특히 1997년 11월 정부가 IMF 구제금융을 공식 요청한 이후 분위기는 완벽히 달라졌다.[9] 트렌디 드라마는 "IMF 시대에 맞지 않는다"는 여론이 형성되는가 하면, 트렌디 드라마에 밀려나야만 했던 중년 배우들의 활약이 두드러졌다.[10]

1998년 2월 첫 방영을 시작하여 1999년 12월, IMF 시대의 종식과 함께 막을 내린 텔레비전 드라마 〈육남매〉(최성실 작, 이관희 연출)는, 이 시기 유행했던 복고 드라마를 대표하는 작품이다. 수목 미니시리즈로 기획된 〈육남매〉는 시청률 선전을 거듭하며 급기야 가족 시간대 주간극으로 편성을 바꾸며 세 차례 연장 방송이 이루어지는 진기록을 세웠고,[11] "IMF 드라마"라는 별칭을 얻기도 했다.[12] 하지만 IMF가 종식되면서 〈육남매〉와 복고 드라마에 대한 관심은

8 「"추억에 호소하라"」, 『한겨레』, 1997. 02. 13.
9 『동아일보』의 한 기사는 "국제통화기금(IMF)의 한파는 문화계에도 예외가 아니" 어서 "휴간이나 정간을 심각하게 고려하는 월간, 계간지들이 적지 않고 책값도 오를 전망"인데다가, 각종 영화제 등도 일시 중단을 논의 중이라고 전하고 있다. 이렇게 IMF로 문화계 전반이 위축되는 한편, "'불효자는 웁니다' '눈물 젖은 두만강' '눈물의 여왕 전옥' '육남매' 등 복고풍이 IMF의 틈새로 등장"한 것은 눈 여겨 볼 변화라고 지적한다. - 한진수, 「문화로 IMF를 넘자」, 『동아일보』, 1998. 02. 04.
10 「안방극장 "중년만세"」, 『동아일보』, 1998. 02. 24.
11 〈육남매〉는 1998년 4월, 9월, 1999년 1월 3차례 연장방송이 결정되었다.
12 「MBC 20일부터 봄 프로 개편」, 『매일경제』, 1998. 04. 16.

빠르게 사그라들었다. 이렇게 본다면 복고 드라마의 유행은 경제 위기와 매우 밀접한 관계가 있었음을 알 수 있다.

본고는 1990년대 복고 드라마를 대표하는 〈육남매〉를 통해 당시 유행했던 복고 드라마가 어떤 양상으로 만들어졌는지 살펴보고 이것이 당시 사회의 흐름과 대중의 욕구를 어떻게 담아내고 있는지 고찰해볼 예정이다. 이는 2000년대 문화의 기반이 되었던 1990년대 문화를 심도 있게 이해하는 데 기반이 될 것이며 나아가 복고 문화의 흐름을 사유할 수 있는 단초가 될 수 있을 것이다.

2. 드라마의 공영성 논란

〈육남매〉의 시작은 훗날의 인기에 비해 초라하기 짝이 없었다. 〈육남매〉는 "애초 내용이 어둡다며 기획 단계부터 방송사들로부터 퇴짜를 맞기 일쑤"였고 장기 단막극 형식을 16부작의 수목 미니시리즈로 고치고 나서야 겨우 방송 기회를 얻을 수 있었다.[13] 하지만 〈육남매〉가 방송 기회를 얻을 수 있었던 건 단지 미니시리즈로 형

---

13 「뜻밖 시청률… 호강하는 '육남매'」, 『한겨레』, 1998. 04. 13. 심지어 〈육남매〉는 MBC에 편성되기 전, 간신히 한 방송사와 계약을 성사시켜 대본작업과 캐스팅까지 마쳤으나 IMF로 계약 철회 통보를 당하기도 했다(「여인상, M-TV 인기드라마 '육남매' 뒷얘기」, 『영남일보』, 1998. 03. 26).

식을 바꾼 것이 절대적인 원인은 아니었다. 이를 제대로 이해하기 위해서 당시 텔레비전 드라마를 중심으로 한 '공영성' 논란을 살펴 볼 필요가 있다.

앞 절에서 설명하였듯이 90년대 전반기에는 트렌디 드라마가 크게 인기를 얻었다. 하지만 〈질투〉가 보여주었던 풋풋한 청년들의 이야기는, 가난한 여주인공과 재벌 남성의 사랑이라는 신데렐라 스토리로 변질되었고 감각적인 촬영술 대신 소비를 자극하는 화려한 영상들이 돋보이게 되었다. 이에 대한 비판의 목소리도 점차 높아졌다.

이처럼 대부분의 드라마들이 겉보기에 화려한 직업과 직업세계를 내세우고 있는 것은 우연의 일치로 볼 수 없다. **볼거리와 얘깃거리를 만들어 높은 시청률을 확보하기 위해서는 이 같은 배경이 가장 효과적이라는 얄팍한 계산이 깔려 있다. 경기침체로 인한 불황을 맞고 있는 이때에 갈수록 화려해지고 소비적으로 흐르는 드라마형태를 우려하는 목소리가 높다.**[14] (인용자 강조, 밑줄)

기사에서는 당시 방영되었던 드라마들의 소비 지향적 측면을 비판하고 있는데, 가령 MBC 일일극이었던 〈욕망〉의 경우 "모델학원에 다니면서 신데렐라를 꿈꾸는 주인공이 특출한 미모와 기질로

---

14 오광수, 「사치로 분칠한 드라마」, 『경향신문』, 1997. 02. 01.

스타대열에 올라 재벌집안의 며느리가 되는 줄거리"로 요약될 수 있으며 과소비를 일삼는 주인공들이 등장해서 문제가 되었다.[15] 심지어 소박한 서민들의 이야기를 다루던 〈첫사랑〉도 주인공이 호텔 카지노에서 근무하는 이야기로 전개되면서 수천만 원대 외제차들이 화면을 장식해서 문제가 되었다. 하지만 단순히 화려하고 소비 지향적인 측면만 문제로 지적되고 있는 것은 아니었다.

일주일 동안 방송3사에서 쏟아내는 드라마는 40여 편. 나라 전체로 볼 때 국민들의 적잖은 시간이 드라마 홍수에 휩쓸려 흘러가고 있다는 계산이 나온다. 그러나 이렇게 우리의 일상을 지배하는 **텔레비전 드라마가 질적으로 인간다운 삶에 도움을 주는 감동적 주제를 담거나 국민의 의식을 고양시키는 기능을 하고 있지 못하다는 것이 지배적인 여론이다. 드라마가 사회적으로 순기능을 하지 못하는 것은 드라마의 생존 논리가 시청률 확보만을 담보로 하고 있는 데 있다.** (중략) 이렇게 많은 드라마가 국민들의 가족 시간대를 송두리째 점거하고 있으나 **작품성보다는 남녀 간의 비뚤어진 사랑타령으로 흐르거나 천박한 말장난으로 채워지기 일쑤여서 안방에서 사회공동체에 대한 건전한 판단능력을 기를 기회를 허락하지 않는다.** 시청률 1위를 기록하고 있는 1텔레비전 일일드라마 〈정 때문에〉를 보자. 방송공사 쪽은 이 드라마를 재미와 공영성을 갖춘 대표적 프로그램이라고 내세운

---

15 〈욕망〉은 "여성의 미모를 지나치게 중시하는 줄거리인데다, 속이 훤히 비치는 옷을 입은 여성모델의 모습을 자주 확대시켜 여성의 몸으로 시청자를 끌려는 의도를 드러냈다."는 비판을 받기도 했다. -「안방 드라마 작가의식 없다」, 『한겨레』, 1997. 02. 12.

다. 그러나 동거하는 본처와 첩, 애 아빠와 애인 사이에서 갈등하는 중년주부, 대가족 건사에 허리가 휘어지면서도 말 한마디 못하는 맏며느리 등 시청자들을 붙들어 매기 위해 현실감 없는 비정상적 관계 설정을 다 동원한다. 그리고 이것이 마치 이 시대를 살아가는 훈훈한 이야기의 정답 같은 인상을 시청자들에게 심어준다.[16] (인용자 강조, 밑줄)

같은 해 『한겨레』는 공영방송의 현황을 진단하는 기획기사를 게재하는데, 여기서 문제가 되고 있는 작품은 당시 시청률 1위를 기록한 〈정 때문에〉다. 기자는 〈정 때문에〉에 등장하는 인물들이 "현실감 없는 비정상적 관계"로 맺어져있음에도 불구하고 드라마가 "이것이 마치 이 시대를 살아가는 훈훈한 이야기의 정답" 같은 왜곡된 인상을 심어주고 있음을 비판한다. 이를 통해 당대 드라마가 사회적으로 순기능을 하는 데 실패하고 있다고 진단한다. 물론 이런 판단 뒤에는 "텔레비전 드라마가 질적으로 인간다운 삶에 도움을 주는 감동적 주제를 담거나 국민의 의식을 고양시키는 기능"을 담당하는 것이 바람직하다는 전제가 존재한다. SBS를 제외한 KBS1, 2, MBC가 공영방송이었기 때문에 당시 방송 대한 평가 기준은 '공영성'이 우선시 되곤 했다. 이러한 논조는 IMF 체제에 접

---

16 권정숙, 「공영방송 이대로 좋은가 3 넘치는 통속드라마 오직 "재미"」, 『한겨레』, 1997. 09. 26.

어들어 경기 불황이 정점에 달하자 더욱 강해졌다.

경제사정이 어려운 시대를 비웃기라도 하듯 TV드라마가 한탕주의를 조장하고 있다. 별다른 노력없이 일확천금과 신분상승을 꿈꾸는 뒤틀린 주인공들이 넘쳐 난다. 가진 것이라고는 반반한 인물과 배짱뿐인 이들은 IMF 시대를 살아가느라 가뜩이나 지친 시청자들에게 대리만족이라도 시켜주겠다는 듯이 허황된 성공을 향해 질주하고 있다. 그러나 시청자들은 **현실과 괴리된 인물과 배경이 등장하는 TV드라마를 보면서 대리만족보다는 그들의 허황된 성공주행에 짜증과 분노를 느끼게 된다.**[17] (인용자 강조, 밑줄)

IMF 시대를 맞이한 나라를 방송이 변하면 살릴 수 있다. 대다수 국민을 매일 몇 시간씩 텔레비전 앞에 묶어 놓는 마법의 힘을 지닌 방송이 스스로 지니고 있는 사명감을 다시 한 번 확인하고 재정립해야 할 것이다. **"방송은 나라를 위해 무엇인가"하는 자아정체성 확인 작업이 필요하다.** (중략) 무분별하게 만들어내는 드라마 속의 거품도 제거해야 한다. **인생이 한편의 드라마라면 드라마 속의 인생을 통한 간접경험을 통해 인생의 폭과 깊이를 더할 수 있는 기회를 제공하는 것이 마땅하다. 과소비, 퇴폐적, 화려함, 폭력을 시청률 확보용으로 도입해 계층 간의 갈등을 조장하고 노동의 의미를 반감시키며 생산직을 좌절하게 만드는 행위는 차라리 반국가적이다.**[18] (인용자 강조, 밑줄)

----

17 이무경, 「경제 난국에 웬 한탕주의? 배금주의 부추기는 드라마 홍수」, 『경향신문』, 1997. 12. 16.
18 정도언, 「IMF 시대의 방송」, 『경향신문』, 1998. 01. 24.

1997년 하반기에 접어들면 실업자 수가 가시화되고 언론에서는 "100만 실업시대"라는 표현까지 등장하기 시작한다.[19] 기사의 논조는 텔레비전 드라마에 등장하는 소비주의적 행태에 대해 "짜증과 분노"라는 극단적인 감정 표현까지 서슴지 않는다. 아울러 신문 사설 면에서는 방송의 사명감을 강조하는 칼럼들이 게재되었다.

이를 의식한 듯 MBC는 캠퍼스 드라마 〈레디 고〉가 "대학가의 발랄한 모습을 담고 있어 현재의 경제위기 상황에 맞지 않는다고 판단"하여 조기 종영을 결정했고,[20] KBS2의 드라마 〈웨딩드레스〉는 방영초기부터 시대에 맞지 않는 "호화판 드라마"라는 비판을 받고 조기종영을 결정했다.[21] 뿐만 아니라 제작자들은 비판을 의식해 드라마의 내용을 수정할 계획을 세우기에 이르렀다.[22]

경제위기로 인해 사회가 경직되면서 소비 욕구를 자극하는 부유한 생활상은, 드라마에 포함되어서는 안 되는 금기가 된 반면, 근

19 황인태, 「100만 실업시대... 지식으로 극복하자」, 『매일경제』, 1997. 12. 30.
20 「TV3사 드라마 축소 IMF 한파 자구책」, 『동아일보』, 1997. 12. 22. 한편 방송사의 발표에 대해 저조한 시청률 때문에 조기 종영을 결정했다는 뒷이야기가 퍼져나가기도 했다(김갑식, 「IMF는 YouMF? 방송사 긴축 거꾸로 간다」, 『동아일보』, 1997. 12. 29).
21 〈사랑밖에 난 몰라〉의 제작진은, 극중 유럽으로 배낭여행을 떠난 막내딸을, 국내여행을 떠난 것으로 설정을 바꾸거나 스스로 돈을 벌면서 하는 해외배낭여행으로 내용을 수정할 계획을 세우기도 했다(「시청률 제자리걸음 몸에 안 맞는 〈웨딩드레스〉 K-2TV 주말연속극」, 『동아일보』, 1998. 01. 13).
22 이무경, 「경제 난국에 웬 한탕주의? 배금주의 부추기는 드라마 홍수」, 『경향신문』, 1997. 12. 16.

검절약 정신을 강조하거나 어려웠던 시절을 호출하는 내용은 적극적으로 권장되기 시작했다.[23]

지난 몇 년 간 TV에서는 80년대 이전 어려웠던 시절을 회상하는 '그때를 아십니까'식의 프로가 유행했다. 경제개발 열기가 한창이던 60, 70년대를 배경으로 잡은 드라마나 코미디가 인기를 끌었고 젊은 세대에게 그 무렵 기록영화를 보여주면서 당시 생활방식을 알아맞히게 하는 퀴즈프로도 있었다. 이들 프로가 30대 이상 시청자들의 공감을 얻어낸 것은 경제호황 속에서 잊고 살아온 지난 시절을 다시 생각하게 만들었기 때문이 아닌가 싶다. 시청자들은 이런 프로를 보며 '맞아, 그때는 그렇게 살았어'라며 무릎을 치곤했다. **이제 먹고 살만해졌으므로 더 이상 그런 시절은 없을 것이라는 일종의 안도감이 마음 한구석에 느껴지기도 했다. 현재 누리고 있는 경제적 풍요가 추억을 더욱 아름답게 만드는 것이다. 하지만 불과 몇 달 사이 우리 사회 곳곳에 들이닥친 국제통화기금(IMF) 한파로 사정은 달라졌다.**
그동안 자취를 감춘 60, 70년대의 생활용품이 다시 등장하고 있다고 한다. (중략) **다소 세련되지 못하고 궁색한 측면이 없지는 않지만 그 안에는 가난한 시대를 훌륭히 이겨낸 근검절약의 정신이 담겨있다. 앞으로 온 국민이 합심해 경제난국을 극복한 이후에도 그 소중한 정신은 계속 이어가야 한다.**[24] (인용자 강조, 밑줄)

23 이은형, 「IMF시대 생활 길라잡이(9) 선진국 절약사례」, 『경향신문』, 1997. 12. 24.

24 홍찬식, 「횡설수설」, 『동아일보』, 1998. 01. 11.

『동아일보』 논설위원의 칼럼은 60, 70년대를 배경으로 만들어진 프로그램의 위상 변화를 짐작하게 해준다. 지난 몇 년 간 불었던 복고 열풍 속 과거는 "더 이상 그런(힘든-필자 주) 시절은 없을 것이라는 일종의 안도감"을 불러일으키면서, 동시에 아름다운 추억으로 미화되는 것이었다. 하지만 국제통화기금의 한파가 불어 닥치면서 가난했던 그 시절은 근검절약 정신을 소환해내고 있었다. 칼럼의 저자는 이런 복고 열풍을 통해 "가난한 시대를 훌륭히 이겨낸 근검절약의 정신"을 되살려야 하며 "경제난국을 극복한 이후에도 그 소중한 정신은 계속 이어가야 한다"고 역설한다. 요컨대 60, 70년대에 가난을 이겨내고 비약적 경제 성장을 이겨낸 것처럼 90년대의 경제 위기를 극복하자는 메시지가 담겨 있는 것이다.

이런 여론이 만들어지고 있는 상황에서 〈육남매〉의 위상은 달라질 수밖에 없었다. 그 전까지는 내용이 어둡다는 이유로 편성부터 애를 먹었지만, 시청자들에게 큰 호응을 얻으면서 상황은 전혀 다르게 흘러갔다. 시청률이 높아지자 MBC는 "어려운 옛 시절의 인간상을 보여주자는 이득렬 사장의 결단으로 〈육남매〉가 방영될 수 있었다는 보도자료"를 요란하게 돌리는가 하면, 금요일 저녁 시간대로 시간을 옮기고 연장방송을 결정했다.[25]

MBC는 1998년 봄 개편을 맞아 방송의 공영성과 도덕성 강화를

25 「뜻밖 시청률… 호강하는 '육남매'」, 『한겨레』, 1998. 04. 13.

주된 취지로 내세웠다.[26] 이제 텔레비전 드라마에서 "외제차와 고급사치품으로 중무장한 재벌 2세의 사랑이야기"는 찾아보기 어려워졌다.[27] 잠깐이라도 사치스러운 모습이 등장하는 드라마들은 지탄의 대상이 되었다. 오히려 "고아로 등장하는 김희선, 가난한 집 딸로 식당 종업원이 된 김지호, 뒷골목을 누비는 부랑아 김태우와 추상미"와 같은 'IMF 형 인물들'이 드라마의 주인공으로 각광받게 되었다.[28] 이런 상황에서 〈육남매〉는 방송국의 공영성과 도덕성 강화라는 취지를 충족시켜주는 작품이면서 동시에 안정적인 시청률을 보여주는 좋은 상품이었다.[29]

같은 시기 영화계에서는 젊은 연인의 지고지순한 사랑 이야기를 통해 과거의 향수를 자극하는 것이 유행이었고 가요계에서는 과거 인기를 끌었던 트로트, 디스코 장르와의 접목 시도가 활발히 이루어졌다.[30] 그에 비해 텔레비전 드라마가 유독 근검절약의 정신과

26 노형석, 「문화방송 프로그램 20일부터 새 단장」, 『한겨레』, 1998. 04. 17.
27 「안방스타 '초라'할수록 인기」, 『경향신문』, 1998. 04. 14.
28 위의 기사.
29 〈육남매〉의 연장방송을 두고 시청률에 따라 편성을 바꾸는 방송국의 행태를 비판하는 목소리들이 있었다. 이들의 주장처럼 방송국은 공영성과 도덕성 강화라는 취지를 내세우고 있었으나 시청률을 인식하지 않을 수 없었다. 오히려 이들에게는 "IMF 정서를 최대한 밑천으로 쓰자는 잇속계산"도 있었을 것이다(「뜻밖 시청률… 호강하는 '육남매'」, 『한겨레』, 1998. 04. 13).
30 영화 〈접속〉, 〈편지〉는 젊은 남녀의 사랑을 주제로 한 작품들로 종종 영화계의 '복고' 흐름을 대변하는 작품들로 언급되곤 했다. 아울러 가수 박진영, 벅 등의 음악은 과거 유행했던 디스코, 트로트를 댄스 음악에 접목시킨 가요계의 복고 흐름을

같은 교훈적 메시지를 전면에 내세우고 있었던 것은 이런 공영성 논란으로부터 연유한 것이었다.

3. 전통적 가족상의 재건

〈육남매〉는 1962년 늦가을, 서울 영등포구 문래동을 배경으로 남편을 잃고 여섯 자녀를 홀로 길러야 하는 최용순(장미희 역)과 그의 여섯 자녀들, 같은 동네 사람들의 에피소드로 구성되었다. 애초에 계획되었던 16회까지의 이야기는 막내 남희가 태어나던 날부터 백일을 맞이하는 날까지의 기간 동안 이 가족에게 벌어지는 일들을 다루고 있는데, 연장방영이 결정되면서 이들 가족 외에도 같은 골목 사람들의 에피소드로 확장되는 양상을 보여주었다.

극의 중심이 되는 어머니 최용순은 순박하고 정숙한 여인으로, 남편이 죽기 전까지는 말수가 적고 수줍은 성격이었다. 하지만 남편이 죽고 100일 만에 막내를 출산한 뒤 홀로 여섯 자녀의 생계를 책임져야 하는 막막한 상황에 처했다. 장남인 창희는 아직 중학생이고 그 밑으로 숙희, 준희, 두희와 초등학교 입학 전인 말순, 이제 막 태어난 막내 남희가 있다.

....

대표한다.

첫 회의 에피소드부터 이 집안의 가난함이 여실히 드러난다. 가난한 집안 형편 때문에 고모는 친조카를 부잣집으로 입양 보내자는 이야기를 꺼내고 어머니는 선택의 여지가 없다. 당장 끼니를 때울 쌀이 없지만 더 이상 외상으로 쌀을 꿔오기도 힘들 지경이기 때문이다. 결국 어머니는 남희를 부잣집으로 입양을 보내지만 준희가 아이를 몰래 데리고 오는 바람에 한바탕 소동이 일어난다. 이전까지 아버지의 보호 아래 살림만 해오던 어머니는, 동생을 보낼 수 없다는 자녀들의 눈물과 현실적인 가난 때문에 처음으로 아버지를 대신하는 보호자로서 전면에 나서게 되었다.

1960년대에 여성이, 그것도 아이가 있는 여성이 할 수 있는 일은 그리 많지 않았다. 더군다나 용순은 양반 집안에서 태어나 직업을 가져본 적이 없는 전형적인 주부였고 미취학 아동인 말순과 남희를 동시에 돌봐야 하는 처지였다. 그러다 보니 그녀가 할 수 있는 일이라곤 식모일과 삯빨래, 떡 장사, 차 장사, 봉투 붙이기와 같은 각종 부업 정도가 전부였다. 덕분에 〈육남매〉 속 어머니는 잠시도 쉴 틈 없이 가족들의 생계를 위해 일을 하는 모습으로 그려진다. 심지어 그녀가 추운 겨울 떡장사를 나갔다가 빙판에 미끄러지는 에피소드는(7회), 생계를 유지하기 위한 어머니의 고군분투를 극대화하는 기능을 했다.

하지만 아무리 생활력 강하고 강인한 어머니라도 이들에게는 가부장의 역할을 대신할 기회는 주어지지 않는다. 〈육남매〉에서 가부장의 역할을 맡는 것은 큰아들 창희다. 창희는 아버지의 부재와 장자라는 책임감을 무겁게 받아들이는 인물로 선린상고에 진학해 가족들의 생계를 책임지려 한다.

> 창희 : 쌀 한가마니에 동생을 팔아먹은 것도 아니고.
> - 용순이 방에서 나온다.
> 창희 : 도대체 왜 그런 짓을 했어요. 나하고 상의 한마디 없이.
> 용순 : (숙희에게) 오빠, 밥 해줘라.
> 창희 : (숙희에게) 너, 이 쌀 건드리지 마.
> 숙희 : 밀가루도 떨어졌는데 뭘로 저녁 하라고.[31]

2회에서 보생의원 집은 막내 남희를 데려가고 그 대가로 쌀 한 가마니를 용순의 집에 보낸다. 이로 인해 창희를 비롯한 자녀들은 어머니가 남희를 보생의원 집에 보냈다는 사실을 뒤늦게 알게 되는데 창희는 "동생을 팔아먹은 것"이라는 격한 표현을 사용하며 어머니에게 화를 낸다. 특히 그는 자신에게 한마디 상의도 없이 용순이 남희를 입양 보내기로 결정한 것에 화를 내는데 이는 이 집안에서 창희가 중요한 의사 결정권자의 한 명임을 드러내 준다. 용순과 창희 사이에서 누구의 말을 들어야 할지 판단하지 못해 곤란해 하는 숙희 역시 이 집안에서 창희가 차지하고 있는 위상을 단적으로

---

31 〈육남매〉 2회.

보여준다.

준희 : 나 학교 안 다녀! 그러니까 공부 안 한다고!
창희 : 뭐? 야! 너 지금 그걸 말이라고 하는 거야? 이 자식이 겁나
      는 게 없어!
준희 : 너야말로! 씨, 놔!
용순 : (들어오며) 준희 너 그런 말버릇 어디서 배웠어? 누가 형
      한테 씨, 씨 하면서 함부로 대들고! **맏형이면 아버지나 다
      름없는 거야. 어떻게 형한테 함부로 대들고 그래? 어디 가서
      애비 없어 그런다는 소리 듣고 싶어 그러니?**
- 준희, 뛰쳐 나간다
용순 : 준희야! 당장 들어오지 못해!
창희 : 그냥 내버려둬요.
용순 : 아유, 너는 좀, 달래가며 가르쳐보지 그러니.
창희 : 몰라도 너무 모르잖아요 아예 할생각도 안하고요. 속이 터
      져 도저히 못 가르치겠어요.
용순 : 그렇다고 손 올려서 우격다짐하면 말 안 들어. 걔는 살살
      타일러야지.
창희 : **준희는 그래서 점점 더 버릇이 없어지는 거예요. 이제는 아버
      지도 안계시고 하니까 엄마도 좀 더 엄하게 해야 해요.** 감싸지
      만 말고요. 도대체 커서 뭐가 되려고.[32] (인용자 강조, 밑줄)

아버지가 죽고 나서 가정형편이 어려워지자 준희는 학교를 안

----

32 〈육남매〉 11회.

나가고 구두닦이, 고물 수집 등으로 돈을 벌려고 한다. 이에 준희 성적이 점점 떨어지자 창희가 준희에게 공부를 시키려고 하는데 언성을 높이다 결국 몸싸움으로 번져 준희가 집을 나가버린다. 용순은 창희에게 대드는 준희에게 "맏형이면 아버지나 다름없는 거"라고 타이른다. 창희 역시 자신이 아버지를 대신해야 함을 잘 알고 있으며 용순에게 준희의 훈육방식에 대해 자신의 생각을 강요한다. 창희는 아직 일곱 식구의 생계를 책임질 수 있는 완벽한 가부장으로 성장하지는 못했으나 가족 구성원들에게 그의 존재는 아버지를 대신하는 존재이자 가부장의 대리인으로서 공고한 지위를 확보하고 있는 셈이며 본인도 그러한 변화를 자연스럽게 받아들이고 있다.

이와 대조적인 모습을 보여주는 것은 딸 숙희다. 숙희는 성적이 우수해서 상급학교에 진학하길 원했으나 가난한 가정 형편 때문에 기성회비도 낼 수 없는 처지다. 고모는 숙희가 공장에 취업해서 오빠와 동생들의 뒷바라지를 해주길 대놓고 요구하고 어머니는 그런 숙희가 안쓰럽기만 하다. 결국 어머니가 기성회비 마련을 위해 오래 기르던 머리를 잘라 팔았다는 사실을 알게 된 숙희는, 학교 공부를 포기하고 가발공장에 취직해서 가족들의 뒷바라지를 시작한다(4회). 일을 해야 하는 어머니 대신에 동생들을 건사하고 집안 살림을 돕는 것도 숙희의 몫이다. 전쟁놀이를 하느라 밥 때를 놓친 두희를 찾아다니거나(11회), 가출한 준희를 찾아다니고 그의 진학

상담을 위해 학교를 찾아가는 것(47회)도 숙희의 몫이다. 집안에서 숙희의 역할은 어머니 용순의 역할과 유사하며 '강인한 어머니상'은 고스란히 대물림 되고 있다.

강인한 어머니를 중심으로 가족들이 힘을 합쳐 가정을 지키는 이야기는, 비단 〈육남매〉에서 뿐만 아니라 이 시기 드라마들에서 쉽게 찾아볼 수 있는 소재였다.

> 자식바라기 어머니 상이 어려운 구제금융시대를 틈타 드라마 속으로 다시 돌아오고 있다. 한국방송공사 2텔레비전 주말극 〈아씨〉(연출 김재현, 극본 이철향)와 문화방송 월화드라마 〈육남매〉(연출 이관희, 극본 최성실)가 시청률 20%대와 30%대를 넘었고, 지난주 시작한 서울방송 주말극 〈사랑해 사랑해〉(연출 이장수, 극본 박정란)도 첫 방송에서 시청률이 20%를 웃돌아 인기를 예고하고 있다. **모두 인고의 세월을 꿋꿋이 견디며 가정의 울타리를 지킨 어머니 이야기다.** 오는 23일 서울방송에서 선보일 아침연속극 〈엄마의 딸〉(연출 허웅, 극본 허숙)에서는 드디어 구두닦이를 하는 어머니까지 등장했다. **이들 드라마 속의 어머니는 남편이 없어도 당당하게, 설령 있다 해도 가정에서 남편의 그늘이 아닌 양지로서 가족의 삶에 버팀목 구실을 한다.**[33]

드라마 속 어머니들은 남편이 없거나, 혹은 남편을 대신해서 "가

---

33 권정숙, 「강인한 어머니, 당신이 그립습니다」, 『한겨레』, 1998. 03. 14.

족의 삶에 버팀목 구실"을 하고 있다. 실제로 1997년에는 실업률이 급격히 늘어나서 급기야 12월에는 "100만 실업시대"라는 표현이 언론에 등장하기도 했다.[34] 당시의 연구에 따르면, 집안의 생계유지를 담당했던 남성들의 실직은, 가정주부로 지내던 여성들의 취업을 촉진했다. 경제 위기 이후 새롭게 취업한 여성들 중 남편의 실직 이후 취업한 비율은 76.5%에 해당했다.[35] 이제 여성들은 남성들을 대신해서 가족의 생계를 책임지기 위해서 생업의 전면에 나서게 되었다.

하지만 어머니가 생계유지를 대신 책임지게 되었다고 해서 가정의 위기가 쉽게 극복되는 것은 아니었다. 오히려 가장의 실직으로 여성들이 생업 전선으로 내몰리면서, 가정은 더 큰 위기에 직면하게 되었다. 한 연구에 따르면 가장의 실직은 남편에게는 좌절감, 상실감을 야기하고 부인에게는 심리적 고통을 야기해서 부부 관계에 좋지 않은 영향을 끼치고 가정의 해체를 촉진한다. 대법원에 따르면 1998년 7월까지 전국 법원에 접수된 이혼신청건수는 1만 건을 넘어섰고 1997년 같은 기간에 비해 30% 이상 증가된 수치를 보였다. 아울러 부모가 자녀 양육을 포기하거나 노숙을 하기도 하고 심각한 경우 생활고를 비관한 가족동반 자살이 나타나기도 했다.[36]

....

34 「100만 실업시대… 지식으로 극복하자」, 『매일경제』, 1997. 12. 30.
35 백진아, 「경제위기에 따른 가족생활의 변화와 가족주의」, 2001, 37쪽 참고.

실직한 아버지들이 늘어나는 현상은 점차 "고개 숙인 아버지 신드롬"이라 불리기 시작했고,[37] 가정해체를 막기 위해 아버지들의 권위를 세우고 이들을 위로하자는 캠페인이 나타났다. 방송사들은 앞 다투어 현대 사회에서의 아버지를 주제로 한 각종 토크쇼나 다큐멘터리를 제작했고, 민간에서도 예술계에서도 이를 주제로 한 작품들이 나타났다.[38]

5월은 가정의 달이다. 가정의 중심은 주부다. 모든 안살림을 도맡고 아이를 키우고 남편을 뒷바라지하는 주부가 제자리를 지키지 못하고 흔들린다면 가정이 흔들리기 때문이다. 특히 '고개 숙인 아버지'들이 급증하고 있는 현실에서 주부들의 역할과 비중은 더욱 커질 수밖에 없다. **그러나 최근 들어 '흔들리는' 주부들이 늘어나고 있어 우리사회와 가정을 불안하게 만들고 있다.** (중략) 주부도 전문직이란 의식과 자부심을 갖고 가족을 이끌고 주부로서의 역할에 열심인 어머니와 아내가 오늘의 현모양처라고 할 만하다. 경제가 점점 어려워

---

36 장혜경·김영란, 『실업에 따른 가족생활과 여성의 역할변화에 관한 연구』, 1999, 39~41쪽 참고.

37 1996년 말부터 '고개 숙인 아버지'에 대한 사회적인 주목이 시작되다가(유지나, 「명예퇴직과 남자 되기」, 『매일경제』, 1996. 12. 10.; 김진애, 「96년의 고요한 혁명」, 『경향신문』, 1996. 12. 19) 1997년에 접어들면 아예 '고개 숙인 아버지 신드롬'(증후군, 현상)이라는 표현이 사용되기 시작한다(「'아버지의 바람' 새해도 거세다」, 『한겨레』, 1997. 01. 01).

38 "더 이상 고개 숙인 아버지는 싫다. 아들과 함께 당당하게 걷는 아버지, 남자의 세계를 함께 나누는 아버지가 대학로에 나타났다."「〈아들과 함께 걷는 길〉 내달까지 성좌소극장서」, 『동아일보』, 1997. 05. 01.

지고 정치 사회적 불안이 커질수록 튼튼한 가정의 소중함과 사회적 기여는 더욱 커지게 마련이다. **탈선하는 주부들이 늘어나는 가운데 맞이하는 가정의 달에 우리가 우선적으로 가다듬어야 할 화두는 새로운 현모양처론일 것이다.**[39] (인용자 강조, 밑줄)

아버지에 대한 위로와 격려와는 대조적으로 주부의 역할에 대해서는 이중적인 역할이 요구되는 것도 이즈음부터다. 주부들이 경제활동을 시작하면서 한쪽에서는 주부들의 탈선을 경계하고 "새로운 현모양처론"을 강조하는 목소리가 나왔다. "새로운"이라는 수식어를 달고 있긴 하지만 이런 주장들은 여전히 주부의 역할을 전통적인 그것에 한정시키고 있을 뿐이었다.

〈육남매〉의 어머니 용순 역시 이런 이중적인 역할로부터 자유로울 수 없다. 보생의원의 김 의원이 어머니를 좋아하는 티를 내거나 경찰서에 잡혀 들어간 준희의 합의금 마련을 위해 술집에서 일을 할 때, 어머니는 잘못이 없지만 아들인 준희는 어머니를 크게 질책하고 난동을 피운다. 요컨대 어머니는 가정의 생계를 책임지면서도 여전히 전통적인 현모양처의 역할을 요구받는, 새로운 가부장에게 종속되어 있는 존재다. 그리고 이런 방식의 재현은 당대의 사회적 현실을 고스란히 반영하고 있었다.

경제력을 잃은 가부장을 대신하여 주부들이 생활 전선에 나서면

....

39 「가정의 달과 현모양처론」, 『경향신문』, 1997. 05. 05.

서 전통적인 가족 제도는 급격히 흔들리기 시작했지만, 텔레비전 드라마는 오히려 과거의 가족 제도를 다시금 브라운관에 소환했다. 그것은 강인한 어머니를 필요로 하는 동시에 고개 숙인 아버지의 자리를 결코 침해하지 않는, 이중적인 양상으로 나타났다. 여기에서 더 나아간 '새로운 현모양처론'의 등장은 위기를 극복하기 위한 우리 사회의 보수적 대응 방식을 보여준다. 〈육남매〉의 인물들은 전통적 가족 제도를 고스란히 답습함으로써 당대 사회의 흐름과 공명했다.

4. 과거가 주는 교훈과 지나친 미화의 반작용

〈육남매〉가 시청자들에게 큰 인기를 끌었던 데에는 60년대에 대한 섬세한 재현이 중요한 역할을 했다.[40] 실제로 〈육남매〉에는, 육남매 가족이 살고 있는 서울 변두리 마을의 생활사가 고스란히 반영되고 있었다. 육남매의 집 앞 골목에는 "'쥐를 잡자'는 포스터와 〈거지왕자〉 영화포스터, 미원 간판"이 붙어 있고 "소금 장수, 뻰데

---

40 연출자 이관희는 〈육남매〉의 연장방영을 맞아, 드라마의 인기 요인에 대해 "60년대의 분위기와 생활상을 재현해 시청자들에게 향수를 불러일으킨 점이 요즘 시대 상황과 맞아 떨어진 것 같다."고 설명했다. 「금요일에 만나는 육남매 MBC TV, 17일부터 시간대 변경」.

<그림 1> 골목길 풍경
(출처: <육남매> 캡쳐)

<그림 2> 술지게미를 먹는 모습
(출처: <육남매> 캡쳐)

<그림 3> 시장 풍경
(출처: <육남매> 캡쳐)

기 장수, 넝마주이, 양은냄비 땜장이"가 지나다닌다. 등장인물들이
사용하는 "놋주발, 삐라, 축음기" 역시 90년대에는 익숙하지 않은
소품들이다.[41]

당시 MBC 소품 팀에서는 1960년대의 생활상을 생생하게 묘사

----

41 「아니, 어떻게 저런 걸?」, 『한겨레』, 1998. 05. 11.

하기 위해 소품실의 소품 활용에 그치지 않고 직접 컴퓨터 그래픽으로 제작을 하기도 했다. 실제로 극 중 등장하는 당시의 돈, 담배, 우표, 책표지, 영화 광고 포스터, 삐라 등은 컴퓨터로 재현한 결과들이었다. 여기에 당시 아이들의 놀이와 노래를 전문가에게 자문을 받아 60년대 생활상 묘사를 풍부하게 만들었다.[42] 특히 극중 두희와 말순이 역을 맡았던 아역배우들이 크게 인기를 끌면서 광고 모델로 발탁이 되기도 했었는데, 덕분에 이들이 불렀던 노래나 전통 놀이도 덩달아 함께 유행했다.[43]

이렇게 아이들이 〈육남매〉의 대사를 따라하거나 전통 놀이를 따라하는 걸 보면 과거를 배경으로 한 드라마는 중장년층에게는 향수를 불러 일으켰지만 이를 처음 접하는 세대에게는 새로운 문화임이 분명했다.

30대 후반이 넘은 아버지들이 기억하는 '그때 그 시절'. 그 흔적들을 한자리에 모은 전시 '생활사 자료전-아버지 이야기'가 8월 23일까지 서울 여의도 MBC옆 통일주차장에서 열린다. 국제통화기금

----

42 "이와 함께 〈육남매〉에는 '사치기 사뽀뽀' '누가 그랬게' '원숭이 엉덩이' 등 60년대 놀이와 노래 스무가지 정도가 화면에 나온다. 놀이지도는 동요작곡가 이민숙 씨가 맡고 있는데, 이 분야 40년 경력의 동요 작곡가로 〈TV유치원 하나 둘 셋〉에서 음악지도를 하는 김방옥 씨의 자문을 받고 있다." - 「아니, 어떻게 저런 걸?」, 『한겨레』, 1998. 05. 11.
43 조연현, 「IMF… 세기말 계속되는 복고열풍」, 『한겨레』, 1999. 01. 23.

(IMF)시대 이전의 풍요만 알고 있는 아이들에게는 마냥 신기할 듯. **아이들에게 50~70년대 생활의 미덕이었던 내핍과 절약도 설득력있게 전할 수 있을 듯.**[44]

복고 열풍이 지속되고 일상적인 미디어에서도 복고 드라마가 유행을 얻자, 이를 활용한 행사들이 기획되기 시작했다. 해당 기사는 '생활사 자료전-아버지 이야기'에 대한 정보를 제공하는 기사 말미에 해당 전시가 아이들에게 가난했던 시절의 실상을 보여줌과 동시에 절약의 가치를 설득력 있게 제시해줄 수 있을 것이라는 내용을 덧붙이고 있다. '과거'는 이제 새로운 세대에게 교훈이라는 목적으로 소개되기 시작한 것이다.

하지만 과거를 소환하는 과정에서 부작용도 따를 수밖에 없었다. 현재의 경제 위기를 극복하기 위해 과거에서 해결책을 찾다 보니 과거는 "못 살아도 그때가 좋았"다고 미화되기 쉬웠고 자칫 "전망 부재와 현실감을 놓칠 우려"도 있었다.[45] 실제로 과거가 미화되면서 나타나는 부작용은 〈육남매〉의 방영 전부터 나타나고 있었다.

경제위기가 한창 고조되었던 1997년 3월, 『고대신문』은 학생 180여명을 대상으로 이색적인 설문 조사를 하나 진행했다. 해당

---

44 「"아빠 어릴 땐 이렇게 살았단다" 흑백 TV등 '그때 그 물건' 전시 서울 여의도 통일주차장」, 『동아일보』, 1998. 05. 21.
45 「IMF 신풍속도 본보–삼성경제연구소 공동기획(2) "못살아도 그때가 좋았지" 향수 자극하는 복고바람 분다」, 『동아일보』, 1998. 06. 03.

설문은 '가장 복제하고 싶은 인간'이 누구인지를 묻고 있었는데, 1위는 백범 김구가 2위는 테레사 수녀가 차지했다. 놀라운 것은 3위에 박정희가 이름을 올리고 있다는 점이었다.[46] 이와 비슷한 시기에 『동아일보』가 창간 77주년을 맞아 진행한 설문조사에서 박정희가 역대 대통령 중 직무를 가장 잘 수행한 대통령(75.9%) 1위에 꼽히기도 했다. 심지어 『매일경제』는 "많은 사람들은 박 전대통령이 한국 경제 근대화의 선봉장이었다는 평가를 내리는데 주저하지 않는다. 박 전 대통령은 '수출제일주의'와 '경제우선전략'을 고수했고 주요 정책결정에 있어 배짱있는 태도를 견지했다"며, 박정희가 핵개발을 하겠다고 나선 것에 대해 "케네디 전 미국 대통령의 쿠바 일전을 연상하는 듯한 결정"이었다는 평가를 내리며 박정희 미화론의 정점을 보여줬다.[47] 정치인들 역시 그의 후계자, 적극적인 숭배자임을 자처하고 나서면서 적극적으로 이런 흐름에 가담하기도 했다.[48]

전문가들은 이런 현상에 대해 "어떤 구체적 평가 기준도 없이 그저 현실에 대한 불만을 과거에 대한 향수로 귀착시키는 것은 시민사회의 미성숙을 드러내 보여주는 징표"라고 우려하는 한편 독재

46 이상수, 「박정희 유령이 떠돌고 있다」, 『한겨레』, 1997. 05. 13.
47 「위기 때 위대한 지도자 나온다」, 『매일경제』, 1997. 12. 22.
48 이헌재(한국조세연구원 자문위원), 「시대착오 '박정희 향수'」, 『한겨레』, 1997. 08. 11.

정권에 대한 미화에 대해서 "우리 국민들 사이에 카리스마적 권위에 기대고 싶은 의존 심리가 아직 남아 있"으며 "문민정부가 출범했고 정치제도적 민주화가 진전됐음에도, 시민의 의식구조는 민주화의 시대에 걸맞은 것으로 성장하지 못 했"다는 평가를 내놓았다.[49] 과거를 회상하는 것을 단순히 가난한 시절을 통한 위로, 과거에 대한 향수로 가볍게 받아들이면 안 되는 이유는 바로 여기에 있었다.

그렇다면 〈육남매〉는 이와 관련해 어떤 자세를 취했을까. 기본적으로 〈육남매〉는 육남매 가족을 중심으로 에피소드가 구성되지만, 같은 동네에 살고 있는 짱구네집, 고모와 재혼을 하게 되는 원씨와 북에서 내려온 그의 가족, 육남매 집에 하숙생으로 들어온 대학생 김종철 등 주변 인물들의 이야기도 같이 어우러진다. 특히 대학생 김종철은, 실제 학생운동에 투신했던 민주인사들을 실제 모델로 해서 화제를 모으기도 했다.[50] 이관희 연출은 기자와의 인터

---

49 이상수, 「박정희 유령이 떠돌고 있다」, 『한겨레』, 1997. 05. 13.
50 『동아일보』 기사에 따르면 〈육남매〉의 김종철은 김근태 의원을 모델로 해서 만들어졌고 그것이 인연이 되어 김근태 의원이 촬영현장을 방문하기도 했다(이승헌, 「웃음 꽃…. 코끝 찡… '육남매' 막 내린다, 17일 100회로 종영」, 『동아일보』, 1999. 12. 13). 한편 『문화일보』 기사는 김종철의 모델이 박정훈 의원이었다고 전하고, 드라마 구성단계에서 이관희 연출과 최성실 작가가 박정훈 의원을 만나 자문을 구했으며, 김근태 의원은 육남매의 맏아들 창희라고 전하고 있다(이강윤, 「육남매 고대생은 박정훈의원이 모델」, 『문화일보』, 1998. 03. 10). 김종철 의원은 극 중 서울대생이자 학생운동을 하다가 투옥되는 원봉수의 모델일 가능성도 있다.

뷰에서 "그리 먼 과거는 아니지만 폭로나 비화 위주의 기사가 대부분이어서 당시의 실상을 본인들의 입을 통해 정확히 확인한 뒤 묘사하고 싶었다"며 "정치드라마는 아니지만 최소한의 리얼리티 확보는 모든 드라마의 기본"이라고 말했다.[51] 하지만 실상은 이와 조금 달랐다.

> 원 씨 : 그리고 에, 민주공화당을 창당한다고 하던데 학생은 알고있지비?
> 종처 : 네
> 원 씨 : 박정희 장군이래, 대통령 나오려고 그런 거 아니겠음? 학생은 어찌 생각하오?
> 종철 : 예, 그런 얘기가 돌고 있습니다.
> 원 씨 : 학생은 데모 안하오?
> 종철 : 많이들 하죠. 민주주의를 위해 민정 이양하라고. 근데 전 지금은 참신하고 힘 있는 사람이 필요하다고 생각합니다.
> 원 씨 : 그럼 박정희 장군이래, 그런 인물이다 생각한다 이 말이오?
> 종철 : 그보다 더 새로운 인물이 나온다면 몰라도 지금은 전 그 편입니다.
> 원 씨 : 물론 김일성이. 김일성이래 언제 또 쳐들어 내려올지 모르니까 국민들을 꽉 잡고 이끌 수 있는 사람이 나와야 하겠지만은, 박정희 장군이래 빨갱이었다는 소리 있지 아니하오? 그리고 남로당에도 가입돼 있었다는 소리도 있고.

---

51 이강윤, 「육남매 고대생은 박정훈의원이 모델」, 『문화일보』, 1998. 03. 10.

종철 : 아니라고 풀려 나오지 않았습니까?

원 씨 : 그래도 빨갱이했던 사람 믿을 수 있겠음? 아니되오, 박정희는 아니되오.[52]

    당대 사람들의 가난한 일상에 초점을 맞추었던 작품이 당대 시대상과 연결되는 순간은, 대학생 김종철과 같은 인물을 통해서 만들어진다. 대학생 김종철이 이사를 오자, 북에서 내려온 쌀집 원 씨는 지나가던 그를 불러 세워 민주공화당 창당에 관한 의견을 묻는다. 쌀집 원 씨는 북에 두고 온 가족 때문에 밤에 몰래 북한 라디오를 청취하다가 경찰에 잡혀가기도 하는 인물로 골목 사람들 중 가장 정치에 많은 관심을 갖고 있는 인물이기도 하다. 그는 종철과의 대화에서 박정희의 과거 이력을 언급하며 대통령 선거에 출마해서는 안 된다는 의견을 제시하는데 문제는 종철을 통해 상기되는 시대상은 이 정도 수위에서 그치고 있다는 점이다. 오히려 종철은 동네 아이들의 과외 수업을 하고 혼자 집에 있다가 불을 낸 말순을 구하기도 하고 심지어 숙희의 짝사랑 상대가 되기도 하는 등 주요 인물들의 일화를 진행시키는 데 소모되어 버렸다.

    한편 원 씨가 육남매의 고모와 재혼을 하고 아이까지 가진 상황에서 북한에 있는 줄 알았던 원 씨의 가족들이 나타난다. 이로 인

---

52 〈육남매〉 11회.

해 원 씨와 고모는 난처한 상황에 처하게 된다. 비단 원 씨와 고모만의 문제가 아니라 1960년대까지도 이산 가족의 문제는 사회적인 문제 중의 하나였다. 하지만 〈육남매〉에서 이 문제는 집요한 본처와 법적인 지위는 있지만 인정상 자신의 권리를 주장하기 어려운 고모의 난처한 가족사 정도로 축소되어 다루어진다.

〈육남매〉의 창작자들은 '최소한의 리얼리티'를 확보하겠다는 방침을 내세웠으나, 그들의 리얼리티는 오로지 가난한 생활상의 재현에 초점이 맞추어져 있을 뿐이었다. 과거를 가난했지만 따뜻했던 시절로 소환하는 방식은 예상치 못한 흐름과 조우하기 쉬웠고 새로운 전망의 출현은 멀어질 수밖에 없었다.

5. 나오며 : 한국 문화와 복고라는 키워드

〈육남매〉는 세 번의 연장방송 결정 끝에 100회까지 방송을 이어갔고, IMF 시대의 종결과 함께 1999년 12월 17일 막을 내렸다. 100회까지 방영횟수가 늘어나다보니, 비슷한 에피소드가 반복되거나 개연성이 떨어지는 한계가 나타났다. 가령 어머니 용순이 어린 남희와 미취학 아동인 말순을 함께 돌보는 것이 어렵다는 이유로 말순이를 외갓집에 맡기는 이야기는 자주 반복되었다. 또한 두희가 물놀이를 갔다가 사고를 당해 실어증에 걸린다거나 말순이가 귀가 안 들려 수술을 하는 것도 모자라 장티푸스에 걸린 말순을 어머니 용순이 몰래 데리고 도망쳐서 어느 도사의 도움으로 살렸다는 에피소드는, 아무리 가난했던 시절이라도 개연성이 떨어지는 설정이었다. 이를 반영하듯 〈육남매〉는 경제위기가 절정에 달했던 1998년에는 시청률 30% 중반을 기록하며 인기를 끌었지만, 1999년 후반기에 접어들면서 시청률이 절반 가까이 떨어졌다.[53] 경제 수치가 회복세로 돌아서자 대중들은 더 이상 과거로의 추억여행을 원치 않았던 것이다.

〈육남매〉가 대표하는 복고 드라마 열풍이 1990년대 중반 갑작스럽게 시작된 것은 아니었다. 과거를 미디어를 통해 재현하고 마케팅에 활용하는 움직임은 꾸준히 있어왔지만, 그것이 사회 전반적으로 유행하고 드라마의 중심 장르가 된 것은 1990년 후반 경제위기 때문이었다. 방송사들은 공영성 논란을 잠재우고 경제 침체의 분위기에 발맞추기 위해서 기존에 유행하던 트렌디 드라마 대신 복고 드라마를 선택했고, 갑작스러운 위기에 봉착했던 시청자들도 복고 드라마에 더 많은 호응을 보냈다. 그것은 종종 제작자의 의도와 달리 여성들의 희생을 강조하고 전통적인 가족상을 재건하는 데 활용되거나 아주 가끔은 과거의 부정적 유산을 미화하는 데

---

53 김희연, 「가난 이긴 가족, 형제애로 '뭉클한 감동' MBC 드라마 '육남매' IMF와 함께 끝」, 『경향신문』, 1999. 12. 14.

활용되기도 했다. 하지만 가난했던 시절을 재현하는 복고 드라마를 보면서 시청자들은 그 시절에 대한 그리움을 느끼는 한편 현재의 가난에 대한 위로를 얻었고 '근검절약'이라는 교훈을 되새기기도 했다. 그것은 경제 위기 속에서 대중이 텔레비전 드라마에 기대하던 것이 무엇이었는지를 선명하게 보여주고 있다.

지그문트 바우만은 오늘날을 '향수의 시대'라고 진단한 바 있다.[54] 빠르게 변화하는 사회는 구성원을 철저히 개인화시키고 이에 적응하지 못한 개인은 실패의 기억과 절망을 위로받을 수 있는 과거로의 회귀를 꿈꾼다. 1990년대 후반, 경제위기와 맞물려 복고 드라마가 인기를 얻게 된 것도 이와 같은 맥락에서 설명될 수 있다. 선진국 진입의 증표로 여겨졌던 개인소득 1만 달러를 성취했지만 정경유착과 부정대출로 인한 기업들의 줄도산, 뒤처진 시스템으로 인한 위기 관리의 실패는, 일선에서 경제 발전에 앞장섰던 개인을 소외시켰다. 이제 개인은 과거의 어느 한 때를 실존한 적 없었던 평화로운 시기로 추억하며 위로받길 원했고 그것은 복고 드라마에 고스란히 반영되었다. 방송가의 공영성 논란이 유독 보수적 가족주의의 회귀로 이어졌던 것이나 〈육남매〉가 과거를 오로지 '가난했지만 따뜻했던 시절'로 재현했을 뿐 비판적인 거리 두기에는 상

---

54 지그문트 바우만 저, 정일준 옮김, 『레트로토피아-실패한 낙원의 귀환』, 아르테, 2018, 25~26쪽 참고.

대적으로 둔감했던 것의 원인은 여기에 있었다.

1990년대 후반 나타났던 복고 열풍은 경제 위기가 사라지자 자취를 감추었지만, 주기적으로 우리 문화에 재등장하곤 했다. 얼마 전 인기를 끌었던 응답하라 시리즈나 90년대 문화를 재소환하는 최근의 복고 열풍은 어느 때보다 강력한 힘을 발휘하고 있다. 하지만 20년 가까운 시간이 흘렀음에도 과거를 소환하는 방식은 크게 다르지 않다. 여전히 과거를 재현하는 와중에 가족주의는 옹호되고 당대의 집단적 기억은 주인공의 서사를 진행시키기 위해 후경화되고 만다.[55] 우리가 복고 열풍을 단순히 과거에 대한 회고가 아니라 앞으로 나아가기 위한 새로운 원동력으로 받아들이기 위해서는, 무엇이 복고를 '레트로토피아'에 묶어 두는지, 그 안에 어떠한 전망을 담아야 하는지 고민이 필요한 시점이다.

---

55 이와 관련해서는 천정환, 「〈응답하라 1988〉에 나타난 '역사'와 유토피스틱스」, 『역사비평』 114, 역사비평사, 2016; 박상완, 「첫사랑과 가족애로 재현된 1990년대와 복고-〈응답하라 1997〉, 〈응답하라 1994〉를 중심으로」, 『1990년대 문화키워드 20』, 문화다북스, 2017; 백소연, 「가족이라는 레트로토피아-텔레비전드라마 〈응답하라 1988〉을 중심으로」, 『한국극예술학회』 65, 한국극예술학회, 2019를 참고할 수 있다.

서울시 중구 지역의 역사문화자원과 도시 레트로(Retro)의 연계

정두호 · 유춘동

1. 서론

이 글은 서울시 중구에 산재해 있는 각종 역사문화자원을 살펴보고,[1] 도시 레트로(Urban Retro) 사업과의 연계 가능성을 살펴보는 데 목적이 있다.

중구는 조선이 개국한 뒤로 지금까지 서울의 대표적인 원도심(原都心) 중의 하나이다. 조선시대의 중구는 청계천을 중심으로 남촌(南村)이라 불렸고, 신분상 중인(中人)들이 많이 거주한 곳이다. 이

---

1 서울 도심부 및 중구에 존재하는 역사문화자원을 활용한 사업의 사례와 방향은 민현석과 오지연의 연구를 참조해 볼 수 있다. 민현석·오지연, 『서울 도심부의 역사문화자원 활용한 도시재생 활성화사업의 성과와 개선방향』, 서울연구원, 2019.

들로 인해 이 지역은 조선을 대표하는 서화(書畵)와 출판의 중심지가 되었다.[2] 일제강점기에 이 지역은 일본인들의 정착지가 되었고 식민 통치를 위한 중심지로 개발되었다. 이로 인해 이곳을 신마치[新町]라 부르게 되었고, 이 지역의 일본인들로 인해 상업시설을 비롯한 다양한 외래 신문화의 전초지가 되었다. 이후 8.15 해방을 맞이하고 한국전쟁을 겪은 뒤에 중구는 서울 재개발 사업의 핵심지가 되었다. 그 결과 이 일대에 한국의 주요 금융 상업 지역이 집결되었다. 그 여파로 인해 중구의 명동, 충무로, 을지로 일대는 대한민국의 문화를 선도하는 중심지가 되었다.[3] 그러다가 80년대 강남 개발이 본격화되면서 중구는 대한민국의 문화 중심지의 역할을 다른 곳으로 넘겨주게 되었다.

하지만 명동과 충무로, 을지로 지역 일대는 지금까지도 여전히 한국 문화 산업의 첨병 역할을 하고 있다. 이 지역은 최근 사람들에게 다시 주목받고 있다. 그 이유는 이 지역에 산재해 있는 다양한 역사문화자원이 재평가를 받고 있기 때문이다. 그 결과 많은 사람들이 이 지역을 찾고 있다.

이러한 중구의 지역적 특성을 주목해서 그 동안 여러 연구가 있었다. 연구는 주로 도시, 건축, 관광 분야에 집중되어 있다. 연구의

---

2 최완기, 『조선시대 서울의 경제생활』, 서울시립대 서울학연구소, 1994.
3 서울역사박물관편, 『명동이야기』, 서울역사박물관, 2012.

핵심은 중구의 여러 역사문화자원을 보존하고 활용하자는 것이다. 이는 중구의 역사문화자원의 중요성을 인식한 것들이라 할 수 있다. 그러나 고민해 보아야 할 것은 이러한 다양한 역사문화자원을 인문학적 관점에서도 접근하는 작업이다.

최근에 일반인들이 중구에 주목하는 이유는 이 지역 일대에 여전히 남아있는 70~80년대 한국의 대중문화의 흔적 때문이다.

이처럼 지난 과거를 회상하고 기억하며 현재와 접목시켜 새로운 관점에서 바라보려는 일련의 문화현상을 우리는 이 현상을 레트로라 부르고 있다. 중구에 대한 관심은 중구에 있는 명동, 을지로 일대를 대중들이 주목하는 이유는 이처럼 지난 과거에 대한 그리움, 호기심에서 비롯된 것이다. 따라서 이 지역의 산재한 역사문화자원은 인문학의 관점에서 바라보고 그 활용 방안을 모색해 볼 필요가 있다.

이 글은 이러한 문제의식을 갖고, 레트로의 초점을 두어 중구 일대에 산재한 역사문화자원유산의 활용 가능성을 제시하며, '도시 레트로', '도시 레트로 인문학'의 가능성과 실현 방안 등을 논의해 보고자 한다.

2. 서울시 중구의 역사문화자원과 인문학적 가치

1) 서울시 중구의 역사문화자원

서울시 중구는 대한민국의 경제, 문화, 언론, 유통의 중추기능이 집중되어 있고, 지역은 퇴계로, 을지로, 청계천로, 남대문로, 왕십리길 등의 간선도로와 지하철 1~6호선이 관통하는 교통의 요충지이다. 이로 인해서 서울에서 주야간 활동인구가 가장 많은 지역 중의 하나이다.[4]

중구 지역은 거주(居住) 시설의 측면에서 보자면 재래식 가옥과 현대식 고층 빌딩이 혼재하는 곳이다. 그리고 상업 유통 면에서는 남대문 시장, 동대문 시장 등의 전통시장, 신세계와 롯데 등의 대형 백화점, 명동과 충무로 일대의 쇼핑가와 같은 신구(新舊) 유통 시스템이 복합적으로 존재한다. 한편, 관광의 측면에서 중구를 본다면 명동, 정동, 남산, 남대문시장 등의 관광 명소가 중구에 위치하고 있다.[5] 이러한 지역의 특성에 맞게 중구에는 지역 곳곳에서 다양한 역사문화자원이 남아 있다.

중구의 지자체에서는 이러한 지역의 역사문화자원을 체계적으로 정리하여 홈페이지를 통해 '중구 문화관광 여행지'를 지정해 놓

---

4 서울시 중구청 홈페이지 참조. http://www.junggu.seoul.kr
5 서울시 중구청 홈페이지 참조. http://www.junggu.seoul.kr

았다. 그 중에서도 특별히 핵심 10곳을 지정해 놓았다. 예를 들자면 해설사 TOUR, 테마여행, 즐기는 中구, 식도락(食道樂) 여행 등과 같은 것이다.

2) 서울시 중구의 역사문화자원과 인문학적 가치의 연계

중구 지역에서 지역 내의 다양한 역사문화자원을 활용하여, 지역의 이미지와 도시 인문학의 가치와 가능성을 연계한 사업은 주로 '걷기 프로그램'이다. 대표적인 사업을 예로 들자면 광희문을 중심으로 광희문 달빛로드, 한양도성을 활용한 한양도성 걷기, 장충단 일대를 탐방하는 장충단 호국의 길, 정동 일대의 근대문화유산을 활용한 근대문화유산 1번지 정동 걷기, 덕수궁을 중심으로 한 100년의 시간이 숨 쉬는 거리, 정동극장을 테마로 한 예술가들이 사랑한 거리, 김중업과 김수근의 건축물을 중심으로 한 중구에서 즐기는 건축답사, 신당동 떡볶이 등을 중심으로 한 맛집 거리로, 남대문시장을 비롯한 여러 시장을 엮어서 답사하는 시장탐방로, 손기정을 테마로 한 중구 영웅로, 숭례문(남대문)을 연계로 한 서울의 깊은 역사가 머무는 거리, 배재학당 역사박물관을 비롯한 일대의 박물관을 답사하는 전시 관람로, 야간에 중구 곳곳을 걸어보는 야경투어로, 천주교 순례자를 기억하는 성지순례로 등이 있다.

테마여행코스

자세히보기

도보관광

시티투어버스

스토리100선

자세히보기

이야기따라 걷는 중구

자세히보기

왕궁수문장교대의식

추천관광

〈사진 1〉 중구청에서 제시한 중구 지역의 문화관광 안내도

중구 일대에서 이처럼 역사문화자원과 연계해서 다양한 걷기 프로그램을 시행하는 것은 일반 대중들의 걷기 열풍에서 기인한다. 2010년대에 들어와서 한국에서는 도보여행[걷기] 붐이 일었다. 제주도에 조성된 올레 길을 찾아가 걷거나 해외에 있는 산티아고을 찾아가 도보하는데 이르기까지, 각종 걷기 열풍이 일었다. 이것은 걷기라는 신체적 움직임을 통해서 인간의 존재 의미와 가치를 탐색하려는 의도와 연관이 있다.[6] 걷기 여행을 통해서 자본 가치와 기술 문명에 치우쳐 있는 현대인들에게 자신의 존재 의미를 찾을 수 있고, 무엇보다 중구지역의 다양한 역사문화자원의 결합을 통해서 지역 이미지 제고, 도시 인문학 가치의 구현은 의미 있는 작업이다. 이에 대한 응답으로 많은 시민들이 이 사업에 참여하고 있다.

그러나 이 사업은 걷기에만 치중하고 있어서 성별, 연령, 국적에 따라 만족도에서 큰 차이가 있다. 그리고 급변하는 시대적 흐름, 유행이 따르는 것이기 때문에 근본적인 프로그램 마련과 방안이 필요하다.

------

6 변찬복, 「도보여행의 숭고 경험: 존재론적 해석」, 『관광학연구』 37(6), 한국관광학회, 2013, 33~56쪽.

3. 서울시 중구의 도시 레트로 연계 사업

1) 서울시 중구의 도시 레트로적 면모

레트로(Retro)는 과거의 풍요로운 기억이나 생활을 소환하는 유행이나 스타일을 지칭하는 개념으로, 단순히 과거의 것을 모방하거나 복제하는데 그치지 않고 옛것을 현대의 감각이나 상황에 맞게 재해석하여 새로운 의미와 가치를 부여하는 모든 것을 의미한다.[7]

2000년대에 들어와서 레트로는 최근 텔레비전 드라마, 영화, 연극, 대중가요, 만화와 같은 대중문화 전반에 주요 소재로 활용되고 있으며, 기업의 마케팅 전략이나 상품 기획에도 영향력을 발휘할 정도로 중요한 문화 키워드로 자리 잡았다.

레트로가 이처럼 대중들에게 전폭적인 지지를 얻고 있는 것은 현재의 삶이 불안하고 초조하며, 미래의 자신의 삶 역시 예측할 수 없는 불안 의식에서 비롯된 것이다. 특히 한국사회의 경우 90년대 말 IMF금융구제사태 이후에 경제 불황의 보상 심리차원에서 사람들에게 전폭적인 지지를 얻으며 '레트로 열풍'이 일어나게 되었다. 그리고 최근에는 레트로의 변형인 뉴트로(New-tro) 현상 역시 부상하는 중이다.

서울시 중구가 대중들에게 주목받게 된 것은 이러한 한국사회의

----

7 사이먼 레일놀즈, 최성민 옮김, 『레트로 마니아』, 작업실 유령, 2014.

레트로 열풍에서 비롯되었다.

서울시 중구는 서울 도심의 오래된 지역으로서, 그 자체로 가치가 있을 뿐만 아니라 수많은 사람들의 시간과 사건 그리고 기억의 키가 누적된 곳이다.[8] 그리고 이를 언제든 기억할 수 있는 다양한 근현대 문화유산이 남아있다. 서울시와 중구에서는 도시 관련 정책과 맞물려 이러한 문화자산을 서울로 7017프로젝트, 남촌 재생 플랜, 손기정/남승룡 기념 프로젝트, 약현성당 명소화, 세운상가 리뉴얼 사업(다시세운 프로젝트)와 같은 도시재생사업으로 활용하고 있다.

이러한 중구 지역의 다양한 문화유산은 레트로 열풍과 맞물려 급부상하고 있다. '죽은 도시가 살아나기까지'라는 표현이 있듯이,[9] 최근 이 지역은 노포(老舗), 먹거리, 볼거리 문화로 인해 중구 골목 골목이 서울의 야간 명소가 되었다. 그리고 이러한 인기의 힘입어 이 일대의 대부분의 노포는 '서울미래유산'으로까지 지정되었다.

레트로의 열기가 지역에 적용되어, 과거를 추억하게 되었고, 이 지역을 하나의 놀이문화로 즐기는 대상을 만들게 된 것이다. 대중들은 이제 단순히 일방적인 강요에 의해 문화를 소비하는 대상이 아니라, 자신들이 직접 문화의 생산자가 되어 향유하는 시대를 보

---

8 URBANPLAY, 『아는 동네 아는 을지로』, URBANPLAY, 2018, 1쪽.
9 URBANPLAY, 위의 책, 86~87쪽.

여주게 되었다. 중구는 이러한 한국대중문화의 현상을 보여주는 대표적인 지역이다. 따라서 이 지역에 잠재된 도시 역사문화자원을 활용한 다양한 '도시 레트로' 연계 방안을 모색해 볼 수 있다.

2) 서울시 중구의 역사문화자원과 도시 레트로의 연계 방안

서울시 중구의 도시 레트로 사업은 지역의 역사문화자원과 지역의 특수성 등을 고려해서 생각해 볼 수 있다. 서울시 중구는 크게 서울역 권역, 정동 권역, 청계천과 을지로-명동 권역, 필동 및 남산 권역으로 나눌 수 있다.

먼저, 서울역 권역은 일제강점기라는 한국의 특수한 역사성을 지녔다는 점을 고려해서 도시 레트로 사업과 연계해 볼 수 있다. 이 지역은 일제강점기에 세워진 근대 문화유산, 그리고 남대문과 같은 전통문화 유산, 도시재생사업인 '서울로 7017 프로젝트 사업'과 같은 현대 문화유산이 공존하고 있다.

중구에서는 이러한 서울역 권역의 특성을 고려하여 걷기 프로그램, 도시재생사업과 연계한 리뉴얼 사업이 진행되고 있다. 그런데 이 권역에 필요한 것은 현재처럼 도시 건물의 내/외관을 리모델링하는 하는 수준에서 벗어나 다른 사업을 모색할 필요가 있다. 예를 들자면, 이 지역이 지닌 역사적 사실에 주목하여, 시기적으로 파악할 수 있는 지역의 변모, 그에 따른 세대별 레트로 사업의 발굴과 진행과 같은 것이다. 서울역 권역은 역이라는 특수성을 고려하여 주변에 일반 대중들의 삶과 애환을 보여줄 수 있는 다양한 레트로 사업을 정리할 수 있다. 그리고 이때 역사, 철학, 문학 세 분야가 연계된 학제 간 연구도 가능하다.

다음으로 정동 권역은 구한말에서 대한제국 시기의 한국의 특수한 역사성과 문화의 측면을 지니고 있어, 이와 연계된 도시 레트로 사업을 진행해 볼 수 있다. 이 지역은 구한말 프랑스 공사관, 손탁호텔, 이화여고, 정동제일교회, 배재학당 기념관과 같은 근대문화유산이 있다.[10]

중구에서는 이 지역에 서울역 권역과 마찬가지로 걷기 프로그램을 운영하고 있고, 매주 또는 계절별로 플리마켓 등이 열리고 있다. 하지만 이 권역에 필요한 것은 구한말에서 대한제국 시기에 초점을 맞추어 별도의 사업을 시행할 필요가 있다. 예를 들자면, 현재 이곳에 현존하는 문화유산을 최대한 활용하면서 지금은 없어진 문화유산을 발굴하여 함께 대한제국의 근대문화유산 도시 레트로 사업을 진행해 볼 수 있다. 이 과정에서 역사, 철학, 문학 세 분야가 연계된 학제 간 연구도 가능하다.

한편, 청계천과 을지로-명동 권역은 조선시대부터 현재까지 다양한 한국의 대중문화를 보여주고 있다. 이 지역은 청계천 복원이

---

10 김정동, 『고종황제가 사랑한 정동과 덕수궁』, 발언, 2004.

이루어짐으로써 조선후기에 준설되었던 청계천을 확인해 볼 수 있고, 현대문화유산인 세운상가, 을지로 일대의 인쇄골목과 노포 탐방, 한국의 패션 문화의 1번지인 명동이 있다. 그리고 이 지역에는 냉면, 노가리, 골뱅이 전문 노포가 많다.

을지로-명동 권역은 일제강점기 일본인들이 살았던 거리였으나, 한국전쟁 이후로는 문화예술의 산실이 되었고, 권위주의 시대에는 청년 문화의 요람이었다. 지금은 젊은이들의 패션 거리가 되어 여전히 문화의 중심지로 남아있다.[11] 특히 최근에는 이곳의 다양한 근현대문화 유산, 여러 노포와 맛집이 집중적으로 조명 받으면서 많은 사람들이 찾는 지역이 되었다. 이로 인해 중구에서는 이 지역을 쇼핑 사업에 집중하여 프로그램을 운영하고 있다.

을지로-명동 권역은 1950~60년대 한국 문화예술의 전성기를 이끌었던 곳이었다. 이러한 명동의 의미를 기억하기 위해서 2000년대 초반 EBS에서 '명동백작'이라는 프로그램이 만들어지기도 했다. 그리고 이 프로그램에 등장했던 실존인물들이 활동했던 은성 주점에 기념 표석이 세워지기도 했다. 을지로-명동 권역은 이러한 시각에서 문화예술의 공간을 기념하는 학제 간 연구와 도시 레트로 사업이 필요하다.

마지막으로 살펴볼 것은 필동 및 남산 권역이다. 남산은 조선 태

---

11 서울역사박물관, 『명동이야기』, 서울역사박물관, 2012.

조 이성계가 풍수지리설에 의거하여 도성을 건립할 때, 안산(案山)
겸 주작(朱雀)에 해당되는 중요한 산이었다. 그리고 현재는 서울의
랜드 마크의 하나인 N서울타워가 있어 많은 해외 관광객들이 찾는
명소 중의 하나이다. 남산은 서울에 찾기 쉬운 산으로서 많은 일반
인들이 찾고 있는 곳이다. 중구에서는 이 지역을 "3.1독립운동 기
념탑, 유관순 열사 동상, 장충단공원, 남산골 한옥마을, 남산봉수
대, N서울타워, 안중근 의사 기념탑, 백범광장" 등을 연계하여 호
국정신의 길로 활용하고 있다.

이 지역은 중구청에서 제시한 호국정신의 길 보다는, 서울의 명
산이란 점, 이로 인해 이 주변 지역에 많은 사당(祠堂), 사찰의 존재
를 기억하고, 그리고 이 지역에 있는 이순신, 류성룡 생가 터를 적
극적으로 활용할 필요가 있다. 아울러 예부터 이 지역은 청렴한 선
비들이 많이 거주했다는 점을 생각했을 때 이를 환기시키는 도시
레트로 사업이 필요하다.

이상과 같이 중구에서 현재 시행하는 사업과 견주어 새로 발굴
해서 운영해 볼 수 있는 도시 레트로 사업을 제안해 보았다. 이 장
에서 다룬 서울역 권역, 정동 권역, 청계천과 을지로-명동 권역,
필동 및 남산 권역은 기존에 운영 중인 사업과 연계한다면 역사문
화자원을 최대한 활용할 수 있고 레트로 사업과도 함께 운영할 수
있다.

5. 마무리와 과제

그동안 서울시 중구는 이곳에 있는 각종 역사문화자원의 가치를 인식하고 해당 자치단체에서 많은 작업을 시행해 왔다. 하지만 본론에서 이야기했던 것처럼 주로 관광 분야에만 집중하여 사업을 진행해왔다. 이제부터라도 역사문화자원을 보존, 활용하면서 인문학적 관점에서도 접근하는 작업이 필요하다. 이 글에서 제안한 것은 기존 사업을 시행하면서 이를 보완할 수 있는 작업들을 제시했다.

중구를 지금처럼 권역으로 나누고 사람들의 기억과 추억을 소환해 볼 수 있는 다양한 도시 레트로 사업의 시행이 필요하다. 레트로 사업은 일반 대중들이 원하는 인문학의 가치를 높일 수 있는 중요한 작업이다. 특히 우리가 매일 겪는 일상에서 모든 대상을 학문적 대상으로 치환할 수 있는 중요한 가치라 할 수 있다.

레트로에 대한 체계적인 연구는 지금부터 필요하다. 건축이나 관광에만 초점을 둘 것이 아니라 레트로 사업의 시행을 위한 각종 토대 자료의 구축, 그리고 해당 분야의 철학과 문화 연구가 병행되는 작업이 필요하다. 서울시의 중구는 역동적 공간이다. '레트로'는 과거에 대한 추억, 회상을 바탕으로 하기에 필연적으로 과거에 대한 주관적인 해석이 덧붙을 수밖에 없다. 철학을 통해서 이러한 해석의 올바른 이해를 도모하고 균형 있는 현재, 미래의 대안을 제시하는 것이 본 연구의 핵심적인 역할이라 할 수 있다.

【 한국에서의 레트로 인문학 연구의 가능성 시론(試論) 】

김민채·전수진, 「레트로 디자인에 나타난 노스탤지어의 기호화」, 『Journal of Integrated Design Research』 18(1), 디자인연구소, 2019.
사이먼 레이놀즈 원저, 최성민 옮김, 『레트로마니아』, 작업실 유령, 2014.
신현숙·박인철, 『기호, 텍스트 그리고 삶』, 도서출판 월인, 2006.
앙리 리페브르 저, 박정자 역, 『현대세계의 일상성』, 기파랑, 2005.
여혜민·손원준, 「레트로 디자인 트렌드의 주기 특성 분석」, 『한국디자인포럼』 24(3), 한국디자인트렌드학회, 2019.
유흔우, 「郭店楚簡〈性自命出〉의 心性論 연구」, 『한중인문학연구』 54, 한중인문학회, 2017.
이재정·박은경, 『라이프스타일과 트렌드』, 도서출판 예경, 2004.

【 한국에서의 레트로 및 뉴트로 현상에 관한 연구 동향 】

곽호완 외, 『실험심리학용어사전』, 시그마프레스, 2008.
권혜진 외, 「레트로에 나타난 시대적 표현 연구」, 『기초조형학연구』 13(4), 2012.
김민채·전수진, 「레트로 디자인에 나타난 노스탤지어의 기호학」, 『Journal of Integrated Design Research』 18(1), 인제대 디자인연구소, 2019.
김사숙·김겸섭, 「영상 콘텐츠의 스토리텔링과 문화코드 분석: 음악가 전기 영화 '보헤미안 랩소디' 중심으로」, 『문화와 융합』 41(4), 한국문화융합학회, 2019.
김은경, 「뉴트로」, 〈영남일보〉, 2020. 01. 17.

남미경, 「감성과 신기술 결합에 의한 뉴레트로디자인 연구」, 『한국디자인문화학회지』 24(2), 한국디자인문화학회, 2018.

박선영, 「뉴레트로 패키지 디자인의 소비자 색채 반응 분석」, 『브랜드디자인학연구』 17(1), 사단법인 한국브랜드디자인학회, 2019.

박성천, 「그땐 그랬지…세대 불안·욕구 담은 추억팔이…」, 〈광주일보〉, 2017. 09. 15.

백소연, 「가족이라는 레트로토피아: 텔레비전드라마 〈응답하라 1988〉를 중심으로」, 『한국극예술연구』 65, 한국극예술학회, 2019.

사이먼 레일놀즈, 최성민 옮김, 『레트로 마니아』, 작업실 유령, 2014.

송화숙, 「지나간, 잊힌, 잃어버린 소리: 음악적 복고주의의 미디어 기호학」, 『음악과 문화』 36, 세계음악학회, 2017.

윤희진, 「디지털 공간에 구성되는 노스탤지어의 사회적 리얼리티」, 『인문 사회 21』 9(3), 사단법인 아시아문화학술원, 2018.

이서라, 「복고콘텐츠의 그로테스크 리얼리즘, 그 역설적 현실 반영성: 미하일 바흐친의 〈라블레론〉을 적용하여」, 『미디어, 젠더&문화』 33(3), 한국여성커뮤니케이션학회, 2018.

이주영, 「NEW-TRO LIFE STYLE－인싸는 뉴트로를 즐긴다」, 〈매일경제〉, 2019. 01. 03.

_____, 「패션이 된 레코드－바이닐 레코드, 뉴트로를 견인하다」, 〈매일경제〉, 2019. 06. 12.

임현숙, 「감성소비시대의 레트로디자인 현상에 관한 연구」, 『커뮤니케이션디자인학연구』 68, (사)한국커뮤니케이션디자인협회 커뮤니케이션디자인학회, 2019.

장덕현, 「시간여행자 양준일 신드롬」, 〈매일신문〉, 2020. 01. 10.

전미옥, 「향수의 잠재력」, 〈경기일보〉, 2019. 11. 11.

지그문트 바우만, 정일준 옮김, 『레트로토피아: 실패한 낙원의 귀환』, 아르테, 2018.

최재수, 「새로운 복고, 세대를 잇다…요즘 대세 '뉴트로' 열풍」, 〈매일신문〉, 2020. 02. 17.

Smith, Kimberly K, "MERE Nostalgia: Notes on Progressive Paratheory", *Rhetoric&Public Affairs*, Vol.3, NO.4.

【 한국 현대시에 나타난 레트로 문화 코드 】

고은·최원식·황지우·안도현, 「제 11회 백석문학상 발표－안도현 시집 〈간절하게 참 철없이〉」, 『창작과 비평』 37(4), 창작과 비평사, 2009. 12.

고형진, 「기획특집－한국현대시에 나타난 음식 이미지－생활의 체취와 자연에 대한 물음」, 『시안』 7(2), 시안사, 2004.

고훈우, 「'연어'를 산으로 보낸 시인 안도현」, 『인물과사상』, 인물과사상사, 1998.

김남석, 「음식문화와 문화접변-반두비에 나타난 국내 한국인과 이주 노동자의 식사 장면을 중심으로」, 『다문화사회연구』 12(2), 숙명여자대학교 아시아여성연구원, 2019.

김동근, 「계간 시평: 시적 서정, 그 구심과 원심의 방향성(안도현, 너에게 가려고 배를 만들었다, 창비)」, 『문학과경계』 5(1), 문학과경계마음과경계, 2005.

김동훈, 「세기말 Retro 현상을 대변하는 복고주의」, 『마케팅』 32(5), 한국마케팅연구원, 1998.

김미선, 「백석 시에 나타난 치유적 기능」, 『어문연구』 86, 어문연구학회, 2015.

김민채·전수진, 「레트로 디자인에 나타난 노스탤지어의 기호화」, 『Journal of Integrated Design Research』 18(1), 인제대학교디자인연구소, 2019.

김용희, 「집중조명－송수권, 작품론－한국시의 신서정과 음식시의 가능성」, 『시안』 8(1), 2005.

김우필, 「빈티지 속물주의에 빠진 대중매체 복고현상」, 『플랫폼』, 인천문화재단, 2015.

김홍기, 「복고, 현재를 두텁게 하는 힘」, 『플랫폼』, 인천문화재단, 2015.

문병학, 「외롭고 높고 쓸쓸한 시인 안도현 유배지의 시인은 왜 씩씩한가」, 『월간말』, 월간말, 1995.

문화동력연구팀, 『음식문화와 문화동력』, 민속원, 2019.

박재환, 『일상과 음식－일상생활 속의 음식』, 한울, 2009.

배옥주, 「현대시의 소재로 활용된 '국밥'의 서사 양상」, 『한국문학이론과 비평』 84, 한국문학이론과 비평학회, 2019.

송명희, 「신화의 귀환과 이야기의 힘－양준일」, 『수필과 비평』, 수필과 비평, 2020.

안도현, 「그리운 시인, 백석」, 『실천문학』, 실천문학사, 1999.

_____, 「사실과 상상 사이의 조붓한 길」, 『시안』 12(1), 시안사, 2009.

안도현, 손택수·송승환, 「연민과 성찰의 시인」, 『시를 사랑하는 사람들』, 시를 사랑하는 사람들, 2007.

_____, 『간절하게 참 철없이』, 창비, 2008.

_____, 『냠냠』, 비룡소, 2010.

_____, 『바닷가 우체국』, 문학동네, 2001.

_____, 『서울로 가는 전봉준』, 문학동네, 2004.

_____, 『외롭고 높고 쓸쓸한』, 문학동네, 1994.

안상원, 「'기억'의 시적 영향 관계 연구-백석과 박용래를 중심으로」, 『한국시학회』, 한국시학회학술대회논문집, 2015.

에드워드 렐프, 김덕현·김현주·심승희 옮김, 『장소와 장소상실』, 논형, 2005.

이경호, 「시인산책: 안도현, 작가세계」 20(3), 『작가세계』, 2008.

이서라, 「복고콘텐츠의 그로테스크 리얼리즘, 그 역설적 현실 반영성-미하일 바흐친의 라블레론을 적용하여」, 『미디어, 젠더&문화』 33(3), 한국여성커뮤니케이션학회, 2018.

이화진, 「90년대를 돌아보기-세대의 기억 상품과 자기 서사」, 『대중서사연구』 20(3), 대중서사학회, 2014.

전시자, 「회상에 대한 개념 분석」, 『대한간호학회지』 19(1), 한국간호과학회, 1989.

정의태·정경희, 「문화콘텐츠에 나타난 '레미니상스(Reminiscence)'에 대한 스토리텔링 측면의 의미와 활용」, 『디지털융복합연구』 16(11), 한국디지털정책학회, 2018.

정효구, 「순결한 이상주의와 숭고한 낭만주의-안도현」, 『오늘의 문예비평』, 오늘의 문예비평사, 1995.

천정현·정석연, 「역사주의관점으로 본 실내공간의 복고적 성향 변화에 관한 분석」, 『한국실내디자인학회 학술대회논문집』 20(1), 한국실내디자인학회, 2019.

H.포터 애벗, 우찬제·이소연·박상익·공성수 역, 『서사학 강의』, 문학과지성사, 2010.

【 한국 드라마에 나타난 레트로 현상 】

〈육남매〉
『경향신문』,『동아일보』,『매일경제』,『영남일보』,『한겨레』
김정남 외,『1990년대 문화키워드 20』, 문화다북스, 2017.
김진애,「96년의 고요한 혁명」,『경향신문』, 1996. 12.19.
남덕우 외,『IMF사태의 원인과 교훈』, 삼성경제연구소, 1998.
백소연,「가족이라는 레트로토피아―텔레비전드라마 〈응답하라 1988〉을 중심으
    로」,『한국극예술연구』65, 한국극예술학회, 2019.
백진아,「경제위기에 따른 가족생활의 변화와 가족주의」,『사회발전연구』, 연세
    대학교 사회발전연구소, 2001.
유지나,「명예퇴직과 남자 되기」,『매일경제』, 1996.12.10.
장혜경·김영란,『실업에 따른 가족생활과 여성의 역할변화에 관한 연구』, 한국
    여성개발원 연구보고서, 1999.
지그문트 바우만 저, 정일준 옮김,『레트로토피아―실패한 낙원의 귀환』, 아르테,
    2018.
천정환,「〈응답하라 1988〉에 나타난 '역사'와 유토피스틱스」,『역사비평』, 2016.

【 서울시 중구 지역의 역사문화자원과 도시 레트로(Retro)의 연계 】

김정동,『고종황제가 사랑한 정동과 덕수궁』, 발언, 2004.
민현석·오지연,『서울 도심부의 역사문화자원 활용한 도시재생 활성화사업의
    성과와 개선방향』, 서울연구원, 2019.
변찬복,「도보여행의 숭고 경험: 존재론적 해석」,『관광학연구』37(6), 한국관광
    학회, 2013.
사이먼 레일놀즈, 최성민 옮김,『레트로 마니아』, 작업실 유령, 2014.
서울역사박물관,『명동이야기』, 서울역사박물관, 2012.
유춘동,「충남 아산시의 인문학 관련 사업의 현황과 과제」,『인문논총』43, 인문과
    학연구소, 2017.
_____,「토정(土亭) 이지함의 관련 자료로 본 걸인청의 복원문제」,『한국사상과

문화』 94, 한국사상문화학회, 2018.

유춘동 · 임승휘, 『서울의 지명 유래와 옛이야기』, 보고사, 2015.

최완기, 『조선시대 서울의 경제생활』, 서울시립대 서울학연구소, 1994.

허경진 · 유춘동, 「경복궁서측 지역 도시재생사업의 성과와 보완책」, 『열상고전
연구』 51, 열상고전연구회, 2016.

URBANPLAY, 『아는 동네 아는 을지로』, URBANPLAY, 2018.

논문 출처

임미정·유흔우
한국에서의 레트로 인문학 연구의 가능성 시론(試論)
『철학·사상·문화』 33, 동서사상연구소, 2020.

한승우·김낙현
한국에서의 레트로와 뉴트로(Newtro) 현상에 대한 연구 동향
인터넷 신문기사의 분석을 중심으로
『문화와 융합』 42(8), 한국문화융합학회, 2020.

백옥주
한국 현대시에 나타난 레트로 문화 코드
안도현의 음식시를 중심으로
『철학·사상·문화』 33, 동서사상연구소, 2020.

김태희
1990년대 복고 드라마의 유행에 대한 고찰
드라마 〈육남매〉를 중심으로
『철학·사상·문화』 33, 동서사상연구소, 2020.

정두호·유춘동
지역 역사문화 자원과 레트로와의 연계 방향
서울시 중구 지역의 역사문화자원과 도시 레트로(Retro)의 연계
『철학·사상·문화』 33, 동서사상연구소, 2020.

저자 소개

유흔우
동국대학교 철학과 교수.

김낙현
중앙대학교 다빈치 교양대학 교수.

배옥주
부경대학교 국문과 강사.

권태현
한국교육과정평가원 부연구위원.

한승우
중앙대학교 다빈치 교양대학 교수.

임미정
연세대학교 국학연구원 연구교수.

김태희
고려대학교 문과대학 대학혁신지원사업 연구교수.

정두호
동국대학교 철학과 강사.

유춘동
강원대학교 국문과 교수.

───────────

한국의 레트로 인문학 연구 전체 총괄 기획
_ 유흔우·권태현·유춘동

한국의 레트로 인문학

2021년 3월 2일 초판 1쇄 펴냄

지은이 유흔우·김낙현·배옥주·권태현·한승우·임미정·김태희·정두호·유춘동
펴낸이 김흥국
펴낸곳 보고사

책임편집 이소희
표지디자인 오동준

등록 1990년 12월 13일 제6-0429호
주소 경기도 파주시 회동길 337-15 보고사
전화 031-955-9797(대표), 02-922-5120~1(편집), 02-922-2246(영업)
팩스 02-922-6990
메일 kanapub3@naver.com / bogosabooks@naver.com
http://www.bogosabooks.co.kr

ISBN 979-11-6587-155-0   93810
ⓒ 유흔우·김낙현·배옥주·권태현·한승우·임미정·김태희·정두호·유춘동, 2021

정가 12,000원